'Als het voelt alsof er geen plek voor je is op deze wereld, moet je je niet afvragen wat er mis is met jou, maar wat er mis is met de wereld.'
Door Marian Donner aan Virginia Woolf toegeschreven quote – maar (ook door haar) niet terug te vinden

'Ga niet aan jezelf gummen. [...] zodat je overal kunt zijn. Onbescheiden kunt zijn. Veel kunt zijn. Voor mijn part te veel. Dan rekt je omgeving maar op, tot ze je past.'
Stella Bergsma – *Nouveau Fuck*

Café Morgen

Van Renée Kapitein verscheen eveneens
bij Ambo|Anthos *uitgevers*

Waarom we huizen bouwen

Renée Kapitein

Café Morgen

Ambo|Anthos
Amsterdam

MIX
Papier van verantwoorde herkomst
FSC® C004472

ISBN 978 90 263 5620 9

Verspreiding voor België:
Veen Bosch & Keuning uitgevers nv, Antwerpen

Het eerste wat ik wil zeggen is dat ik hier alleen sta. Nee, dat moet ik anders zeggen. Ik bedoel niet dat ik in m'n eentje ben, ik bedoel dat dit mijn werk is. Dat ik niets anders doe. Dit er niet bij doe. Nee, ik doe dit en niets anders. Ik sta hier. Ik ben hier. Dat bedoel ik. Ik ben barvrouw. Niets anders. En dat is goed. Want ik ben goed. Ik doe iets waar ik goed in ben en dus hoef ik me er niet voor te verontschuldigen. Sorry. Ik moet je alleen verwelkomen. Hallo. Hoi, ik ben Loes, ik zal voor je zorgen. Daar ben ik voor. Welkom. Goed dat je er bent. Goed dat je hier bent.

Hier, in café Morgen. Het café om de hoek, ook als het een heel lange hoek is. Het buurtcafé, ook als je niet uit de buurt komt. Of nog nooit in de buurt bent geweest. Het bruine café, wit geschilderd. Het café waar je best in je eentje een biertje kan drinken. Of koffie (maar zonder laptop, die zijn verboden hier, pak gerust de krant, of een boek. Of zoals iedereen, je telefoon). Waar je nieuwe mensen ontmoet of door oude met rust gelaten wordt. Waar je een fluitje pils bestelt of doet alsof je verstand hebt van lokale brouwerijen. Hier, met oude banken, nog oudere lampen en een nieuwe betonnen vloer. Met een muur twee keer zo dik door de posters, en een sjoelbak ertegenaan (er wordt nooit gespeeld). Het is nu rustig. Maar het kan hier spoken. Gelukkig. Ik hou niet van stille dagen. Als het stil is komt de chaos. Boekje lezen. Mensen vergeten. Overal glazen. Kopjes half opgedronken koffie. En de twijfel. Wat doe ik hier? Waarom ben ik hier? Ik moet een baan. Een echte, aan een bureau, op een kantoor, met kantooruren en kantoormensen. Een baan zoals mensen hebben: negen uur beginnen, halfzes klaar. Vierentwintig vakantiedagen. Laptop van de zaak. Een thuiswerkplek. Vrijmibo met lauwe bitterballen. Agenda vol. Vergadering, meeting, kopje koffie met een collega. Even een blokje om. Mail. Chat. Contact. Contact. Contact. Nog een koffie. Een theetje misschien. Ik moet nu echt even door! Acht uur zitten. Altijd dat zitten. Dat zitten en typen. Zitten en typen. Met heel weinig ruimte. Te weinig ruimte. Voor mij. Ik weet dat. Ik had zo'n baan. Maar nu ben ik hier. En als ik het druk heb is dat prima. Meer nog. Als ik het druk heb ben ik blij. Want dit is wat het is. Dit is wat ik doe. Welkom. (Of zei ik dat al.)

Het is een gewone dag. Het is een gewone dag. Het is een gewone dag. Ik mag een donut als ontbijt. Ja, ik mag altijd een donut als ontbijt – ik ben een volwassen vrouw en als ik een donut wil als ontbijt, dan mag ik dat. Ik hoef geen calorieën te tellen. Ik hoef geen balansdag, geen schaamte, geen schuld, enkel een donut. Ik heb honger. Dus ik haal een donut als ontbijt, bij het koffietentje op de hoek; alleen een donut, geen koffie. Ik haal een donut en wandel naar Morgen. Een krantje, de donut. Deur dicht, café nog gesloten. Heerlijk. Nog een uur alleen.

Ik ben hier graag alleen. Koffiezetapparaat aan (dat duurt even, of eigenlijk best lang. Dat duurt best lang, dus je moet de tijd hebben). Lichten aan, krantje erbij. Koffie (nee, nog steeds niet warm. Het is zo'n groot Italiaans espressoapparaat, dat heeft de tijd nodig. Ik heb de tijd, maar wil ook koffie).

Het is een gewone dag. Het is een gewone dag. Het is een gewone dag. Maar ik mag de tijd nemen. Zoals ik graag de tijd neem voor ik begin. Als je werk pas in de middag begint, dan moet je de ochtend voor jezelf gebruiken. Uitslapen. Rustig aan doen. Daar is deze maatschappij niet op ingesteld, maar het is nacht als ik klaar ben vanavond, dus ik ben niet lui, ik ben vrij.

En in de vrije uren voor mijn werk ben ik nu eenmaal graag óp mijn werk. Dan ben ik er maar vast, geen gehaast.

De deur even open, de biergeur eruit, glasbak naar buiten, misschien alvast even dweilen. Deur weer op slot, omdat hij... zodat ze me met rust laten.

En natuurlijk poepen met de deur open. Ik kan van weinig meer genieten. Alsof ik mijn territorium afbaken. Dit is mijn plek.

Krant. Donut. Koffie? Ja, eindelijk warm. Bonen malen, koffiezetten, een glas water, zitten aan de grote tafel. Krantje, koffie, donut en welja, ook dat broodje met hummus. Nog een uur voor we opengaan. Het was niet druk gister, er is weinig om op te ruimen, behalve m'n eigen zooi. Jasper en ik waren de laatsten. Ik liet onze glazen staan – maakt niet uit, ik open toch, de Loes van morgen ruimt wel op, de Loes van morgen vindt dat niet erg, de Loes van morgen heeft alle tijd en nog niets gedronken. De Loes van morgen... ach, die vergeeft het me vast wel. Nou, mooi niet. De Loes van vandaag is ouder en wijzer en vindt je een sukkel. Je had op zijn minst even de glazen om kunnen spoelen, een lapje over de bar, de asbak leeg. Wat 's nachts vier glazen en een paar peuken lijkt, is in het daglicht een vuilnisbelt. De asbak neemt alle lucht in de ruimte over. De bar plakt aan m'n mouw. Een slijmerig doekje. De flessen op de bar zijn een feestje voor de vliegjes (zelfs in de winter). En een dag die begint met een feestje voor vliegen valt altijd tegen.

Nieuw sopje dus. Nieuwe doekjes. Nieuwe theedoek alvast in mijn achterzak (ik verlies die theedoek de hele dag door en de hele dag door wordt hij voor me opgeraapt. Misschien zijn het mannen die zich in een moderne romcom wanen. Of willen ze gewoon aardig zijn. Ik kan de theedoek ook aan mijn broek knopen, maar dat haalt een deel van de charme weg, en dan hangt-ie op een gegeven moment altijd in de wc). Bar schoon, slokje koffie. Die is koud inmiddels.

De wasbak vol laten lopen. De glasbak legen om de hoek. Daarna is het beter chillen. Rustig zitten. Het terras van het slot, de regen van de banken, luifels open, kaarten op tafel – mijn god, wat zijn ze vies –, kaarten schoon, de kaarten op tafel. Zitten, ga nou even zitten, de dag duurt nog lang genoeg, we zijn nog niet open en ik heb mijn koffie nog steeds niet op. Telefoon, nee, geen telefoon. Telefoon achter de bar. Krantje. Lezen. Gewoon even lezen. Tijd voor jezelf. Tijd voor jezelf. Neem verdomme nou wat tijd voor jezelf. Zeker vandaag. Helemaal vandaag. Vandaag mag je doen wat je wil, en wat je wil is nu even de krant lezen. Zonder telefoon. Zonder serie. Met muziek. Ja, muziek. Muziek, nieuwe, warme koffie. Glaasje spa rood (veel ijs, veel limoen). Alvast meer limoenen snijden. Glazen op hun plek. Hoe laat is het? Nog drie kwartier. Alsjeblieft, lieve Loes, geniet er nou even van. Misschien kan ik even buiten gaan zitten. De regen is gestopt. Gewoon even zitten. Kijken naar wat er voorbijkomt:

De moeders met kinderwagens.

De studenten net uit bed.

De man op de versierde fiets: hij zingt, hij zwaait (het is mooi weer).

De jongens op weg naar de kappers.

Chris, op weg naar de coffeeshop:

Hé Loes!

Zie ik je zo nog?

Ik moet werken.

Een vader met een kleuter op een fietsje.

De kleine hondjes. De grotere honden. De Hele Grote Hond, die bijna een wolf is.

De blauwe man met de labrador die altijd los mag (de blauwe man is echt blauw, tattoos over zijn hele lichaam).

Ik zag ooit iemand met een varkentje aan een lijn (hij deed heel hard alsof dat niet iets opmerkelijks was).

De fietsenmaker.

Een taxichauffeur die bijna een fietser aanrijdt.

En de bus die bijna de taxichauffeur aanrijdt.

Drie jochies met een zak snoep.

Buurvrouw. Ah, Buurvrouw.

Dag Buurvrouw.

Lieverd, ben je al open?

Voor u altijd.

Buurvrouw. Ze weet best hoe laat we open zijn, ze is hier elke dag. Ze gebruikt haar leeftijd om openingstijden te negeren, om gewoon binnen te wandelen wanneer ze wil. Maar je vergeeft het haar. Ik vergeef het haar. Ik weet niet of ze eenzaam is. Ik weet niet of ze tijd heeft om eenzaam te zijn. Ze is altijd hier.

Koffie?

Met melk graag.

Dat weet ik. Natuurlijk weet ik dat. Ik heb meer kopjes koffie gezet voor Buurvrouw dan voor mijn eigen moeder. Ik heb meer koffies verkeerd voor Buurvrouw gemaakt dan voor ieder ander mens. Ik zet koffie, ik warm melk, ik roer anderhalf zakje suiker door het kopje. Ik zet het neer voor Buurvrouw, een glaasje water ernaast (dat drinkt ze niet, maar het kan nooit kwaad).

Dank je.

Ik vouw de krant dicht, stop de laatste hap van het broodje in mijn mond, gooi mijn koude koffie weg; nu Buurvrouw er is kan ik net zo goed open.

Het café is nog niet open. Marijke weet best dat het nog niet open is. Het staat op de deur: open vanaf 14:00. En in het weekend een uurtje eerder. Het is geen weekend, de dagen lijken op elkaar, heus, maar het is geen weekend. Dat weet ze best. Marijke weet best dat ze nog niet open zijn, maar de dag ging zo langzaam vandaag. Ze was wakker voor zevenen (zoals elke dag). Om kwart over zeven mocht ze eruit van zichzelf. En om acht uur had ze gegeten, was ze aangekleed en zat ze aan haar tweede kopje thee. De hulp komt op donderdag, dus ze maakte eerst even de boel aan kant, papier bij papier, plantjes water, de tv afgestoft. Ze heeft haar glas weggebracht – dat kan ze best zelf, zoveel is het niet – en Carla opgebeld (haar kleinzoon ligt in het ziekenhuis). Ze had de kaart voor Miekes verjaardag op de bus gedaan (de bus hangt op de gang) en naar buiten gestaard. (Ze wordt een oude vrouw, ze staart naar buiten.) Toen was het twaalf uur. Er was nog zoveel dag. Ze wilde niet wachten op de hulp, die praat zo hard en zegt zo weinig. Het is een prima vrouw, ontzettend goed in haar vak, maar Buurvrouw voelt zich het oudst wanneer de hulp er is. Dan voelt ze zich zo oud dat ze zich bijna weer jong voelt. Als een klein kind dat niet voor zichzelf kan zorgen. Dus gaat ze weg. En draait ze haar rondje om. Dan doet ze eerst boodschappen en daarna gaat ze naar Morgen. Ze draait haar rondje vaak om de laatste tijd, ook al is het niet goed voor de zuivelproducten om zo lang buiten de koeling te zijn. Ze zou natuurlijk kunnen vragen of ze de pakken bij Morgen achter de bar in de koeling kan zetten, maar ze wil ze niet lastigvallen.

Ze wil ze niet lastigvallen, maar staat toch vandaag weer veel te vroeg op de stoep. Ze weet het, heus, maar wat moet ze anders. Ze is hier graag, ze vindt het fijn om te zitten en te kijken hoe de mensen van Morgen bezig zijn. Dat meisje dat er vandaag is beweegt onstuimig, beweeglijk, rusteloos, maar ze is lief. Marijke is haar naam even kwijt, dat heeft ze vaker. Dat vindt zij niet erg. Of ze doet alsof ze het niet erg vindt. Marijke noemen ze hier Buurvrouw. Dat is fijn. Als ze de buurvrouw is, dan is ze meer dan Marijke, dan heeft ze een rol. Dan hoort ze hier. En zo voelt het ook: op haar plek. Meer dan in haar appartement, in die hoge flat, met zoveel glas en zoveel oude mensen.

Mag ik de krant?

Natuurlijk.

De krant is eigenlijk te klein, dat vervelende tabloidformaat, alsof het wereldnieuws daarmee overzichtelijker wordt. Ze heeft een loep nodig, maar die neemt ze niet mee als ze van huis gaat. Oud worden is niet het probleem, toegeven dat je oud bent, daar begint het pas. Bovendien raakt ze die vergrootglazen om de haverklap kwijt. Ze bladert door de krant zonder iets te lezen. Wat moet ze, nu lezen zo moeilijk is? Televisiekijken zeker. Omroep MAX. Met al die programma's over eten, of pensions in het buitenland – ze is niet geïnteresseerd in pensions. Of hun eigenaren. Er is een BBC-kanaal waarop ze

Engelse detectives herhalen. Daar mag ze graag naar kijken. Maar het liefst zit ze hier, in Morgen, waar het personeel en de gasten om haar heen zwermen en zij niets hoeft te doen, behalve zitten en kijken. Of zoals nu. Met haar koffie en de krant met de kleine letters. Zo gaat het leven prima. Zo gaat ze rustig nog even door.

Hoe gaat het, buuf?

Z'n gangetje, lieverd, z'n gangetje.

Was u hier gister?

Zeker. Jij was vrij zeker? Het was rustig, heel rustig. Het is vaak rustig op woensdag hè? Tja, de mensen moeten natuurlijk werken. Dat weet ik heus. Maar het leek rustiger dan normaal. Alleen die mannen aan de bar waren er, die mannen met die band. En een paar van die jonge stelletjes. Niemand om mee te praten. Dat is niet erg hoor, ik hoef niet altijd te praten, ik vermaak me wel. Jasper was er wel natuurlijk. Aardige knul is dat, Jasper, ik ken hem al jaren. Aardige knul. Was jij er gister? Ik heb je niet gezien. Toch? Nee, ik heb je niet gezien. Of was je er wel? Ik bleef niet zo laat. De hulp kwam vandaag, dan ga ik vroeg aan de slag. Ik wil niet dat ze in een rotzooitje moet werken. Nee, dat is niets.

Loes weet dit. Iedereen in Morgen weet dit. Zoals ze ook weet dat ze op woensdag geen tosti hoeft, omdat Carla dan langskomt, en ze dan samen eten.

Ik at gister bij mijn ouders. Ik was er wel, even, laat op de avond. Maar u was al weg.

Gezellig.

Gezellig. Maar ik moet werken.

Werken?

M'n moeder klonk verbaasd.

Ik werk altijd op donderdag.

Het is je verjaardag.

Ik ben volwassen.

Kan niemand dan...

Nee.

Dat is niet waar. Iemand kon dan vast, Jasper bijvoorbeeld, ik val vaak genoeg in voor hem. Maar ik wilde niet ruilen, ik werk op donderdagen, ook als ik toevallig jarig ben. Ik ben volwassen en word nog veel volwassener. En mijn moeder moet leren dat dit een baan is. Een echte. Met verplichtingen.

Woensdag doen dan? vraagt ze.

Kan het niet vrijdag?

Vrijdag komen Jaap en Mieke.

O.

Kun je niet woensdag?

Jawel, maar...

Maar ik wil niet woensdag, denk ik. Woensdag is geen dag voor een verjaardag.

Woensdag is prima, zeg ik.
Kom je hierheen?
Ik ben volwassen. Ik kan best koken.
Ja ja ja. Maar dat is zo onhandig met de hond.
De hond kan toch prima mee.
Maar jouw buurt is zo ingewikkeld met parkeren en Peter rijdt niet graag in het donker.
Ik kom wel naar jullie.
Je kan blijven slapen.
Ik moet werken donderdag.
Ja, dat zei je.
Ik slaap wel gewoon thuis. Komt Felix ook?
Die zit in Zwitserland.
Natuurlijk. Zal ik een taart bakken?
Ik ga wel langs de banketbakker.
Natuurlijk.

Het is een gewone dag. Een gewone werkdag. En gewone dagen komen langzaam op gang. De mensen zijn op hun werk. En de mensen die niet op hun werk zijn, zijn niet hier. Die zijn thuis waarschijnlijk. Waar ze hun eigen koffie zetten, hun eigen glaasjes water pakken. Waar de wificode in hun telefoon is opgeslagen. Waar ze niet hoeven te wachten tot Buurvrouw de krant uit heeft (die ze nooit uit heeft). Waar geen laptopverbod is en er roze koeken zijn of appels (als ze niet zijn vergeten die te kopen).

Waar ze nog zoveel te doen hebben: zoomen, schrijven, dat rapport nog even lezen, de afwas, de was, de administratie, opruimen, zuigen, de badkamer dweilen, afleveringen kijken van het een of ander, een boek, een tijdschrift, de zaterdagkrant. Waar de kinderen bijna thuiskomen, waar de kinderen bijna naar zwemles moeten, of naar judo, of opgehaald van de bso. Waar ook vanavond weer gegeten moet worden, iets makkelijks, iets gezonds, iets wat ze lusten.

Of ze zijn niet thuis. En niet hier. Op een andere plek. In een ander café. Waar je kunt werken. En een extra grote koffie kunt bestellen. Waar er een speelhoek is voor de kinderen of een stopcontact voor een laptop. Waar je chique broodjes eet of cake met dadels.

Het is een gewone dag. Een gewone werkdag. En dus zijn er klusjes, taakjes, dingetjes. Ik werk hier niet voor de klusjes, niet voor de taakjes, niet voor de dingetjes, maar ze moeten gebeuren. De bierglazen moeten schoon. Schoner. De wijnglazen zijn al schoon maar hebben watervlekken. De nootjes moeten bijgevuld. De tosti's moeten bijgevuld. De koekjes moeten bijgevuld (twee, drie, vier koekjes voor Loes). De wijn, het fris, worst en de kazen. De koffiebonen (nog een koffie? Nee, niet nog een koffie). De ijsmachine moet schoon: alle ijsblokjes eruit, schoonmaken, doorspoelen. Dat is koud en geen verjaardagwerk, maar als ik het vergeet, kom ik later slakken tegen. Slijmerige slangen, die achter in het geultje blijven zitten. Dus schep ik de machine leeg.

Buurvrouw stopt maar met proberen te lezen, maar ze blijft zitten. Het café is leeg, maar ze blijft zitten. De dagen hebben uren over. Uren die ze door moet zien te komen. Ze heeft geen functie meer. Niemand heeft haar nodig; als ze in bed blijft liggen is er niemand die haar mist. Ze helpt niemand meer, de mensen helpen haar, maar de hulp werkt contraproductief: nu ze zelf zo weinig hoeft te doen blijft er nóg meer tijd over. Tijd die ze weer door moet zien te komen. Ze blijft nog wel even zitten, gewoon nog even zitten. In Morgen verstrijkt de tijd vanzelf. Hier maakt het barmeisje schoon, lopen mensen in en uit, komt buiten de stad voorbij.

Ze moet zo nog terug naar de supermarkt, is het brood vergeten. Ze was weer te haastig. Ze had gedacht dat als ze oud zou zijn ze de tijd zou nemen voor de boodschappen. Even naar de markt, langs de bakker, de slager, de groenteboer. Een praatje maken, iets bijzonders kopen, iets lekkers koken. Ze deed het ook, de eerste jaren, had er zelfs schik in. Ze ging naar de markt voor kaas (een klein stuk, ze was maar alleen), op donderdag een verse stroopwafel. Ze kwam bij de Turkse bakker, de Syrische groenteboer, ze wisselde de visboer uit Marokko af met die uit Volendam. Maar ze ging altijd naar de Nederlandse slager, was gehecht aan haar speklap. Vroeger kocht ze weleens paardenbiefstuk, dat eet nu niemand meer. Het laatste jaar (of is het al langer?) haalt ze de markt niet meer, het geeft ook niet, haar trek is verdwenen. Misschien komt het doordat ze zo weinig doet, zo weinig beweegt. Wie de uren slechts afwacht is sneller gevoed. Misschien is het alleen eten haar tegen gaan staan. Als ze wil kan ze beneden eten, in het restaurant. Daar zit het vol met dames. Oude dames, dames zoals zij. Ze kan eten laten bezorgen, er liggen allerlei menuutjes thuis. Maar ze is gehecht aan haar loopje: naar de supermarkt en terug. Als je elke stap voelt, als ze allemaal pijn doen, dan wordt de wereld al zo klein. Ze heeft haar rollator mee, als ze wil kan ze erop gaan zitten, even rusten, de tijd nemen. Dat doet ze niet, ze loopt door, moedig, stijf, pijnlijk. Twintig minuten heen, twintig minuten terug. En precies op de helft ligt Morgen. Een tussenstop, haar rustpunt. Koffie met melk. Even zitten. Hier zitten, hier kijken. Morgen is het leven dat ze nog heeft.

Ze luisteren er ook goed. Je hebt het blonde meisje, dat er nu is. Een mooie meid, maar een beetje dik. Ze is erg expressief, je kan goed naar haar kijken. Ze lacht veel, is onrustig, onbesuisd, maar lief. Ze is haar naam kwijt. Ja, ze is haar naam kwijt, ach, het maakt de lieverds niet uit. En die jongens (broers zijn het, gelooft ze) zijn ook aardige kerels. De een is rustig, zakelijk ook. Hij praat zacht, maar men luistert. De ander is groter, breder. De vrouwen kijken naar hem, maar hij weet niet goed wat hij hier doet. Ze heeft hem al een tijdje niet gezien. Soms is er een nieuwe. Die blijft dan even of even langer. Buurvrouw moet altijd even wennen, en zij aan haar. Een oude vrouw in een jonge kroeg. Soms zijn ze weg voor Buurvrouw gehecht is. Ze dragen oranje tuinbroeken, of broeken met gaten. Er zijn jongens met wild haar, of gelakte nagels. Ze hebben tattoos en zetten Afrikaanse muziek op. Ze studeren, Buurvrouw weet niet waar ze voor leren, ze doen opleidingen met Engelse namen. Misschien weten ze het zelf ook wel niet.

Hoe ze ook zijn, ze zijn zo anders, zo anders dan al die oude mensen in dat huis, haar huis. Buurvrouw kan goed naar ze kijken.

Soms, misschien wel vaak, komt ze hier ook na het boodschappen doen. Dan drinkt ze een wijntje, of twee. Bij drie zet het meisje altijd iets te eten neer, wat chippies, nootjes of een tosti. Ze is oud, oud genoeg om te drinken, oud genoeg om te veel te drinken, denkt ze dan. Ze eet ze toch maar, als je oud wordt, word je vanzelf weer een kind.

Het was niet dat ik geen prima naam had. Ik had een prima naam, ik was een prima plek. Al erg lang. Ik was een prima kroeg met een duidelijke functie. Bij mij kwam de buurt samen; dronk fluitjes, jenever, een vieux-cola, keek voetbal, dartte wat en klaagde. Over de buurt. Over de veranderingen. Over het voetbal. Over de nieuwe coach. De te dure rechtsback. Over thuis, over de kwaaltjes, het ouder worden.

Ik was een prima plek. Ik was al heel erg lang een prima plek. Voor heel veel mensen, maar voor steeds minder. Ze verhuisden (de huur werd te hoog), ze kregen een nieuwe relatie en kwamen de kroeg niet meer in. Ze mochten niet meer drinken, ze wilden niet meer drinken. Ze kregen ruzie, ze gingen dood. Steeds meer gingen er dood. Langzaam stierven mijn gasten uit.

Bovendien veranderde de buurt. En ik was niet meer genoeg. Ik was het buurtcafé van een verdwenen buurt. En deze buurt wilde speciale biertjes, koffie met plantaardig schuim, bitterballen zonder bitterballen. Broodjes. José, de eigenares, was er eigenlijk ook klaar mee. Eigenlijk al best een tijdje. En ik gaf haar geen ongelijk. Alleen als José het niet deed, wie deed het dan? Roy – de vaste barman – in ieder geval niet. En voor Mickey of Jainy (haar kinderen) had ze een andere toekomst bedacht. En Mickey en Jainy hadden dat ook. Op feestjes vertelden ze graag en vaak over de kroeg van hun moeder, maar zelf moesten ze er niet aan denken. Ze hadden banen met kantoortijden, met vakantiegeld en pensioenopbouw. José was trots.

José was ook lang trots op mij geweest. Haar kroeg, haar plek, geërfd van een oudtante. José was altijd trots geweest. Maar de trots was weg. De trots, de zin, de puf. Dat gesteun, gekreun, gezucht, iedere ochtend, die eigenlijk middag was. Iedere avond, die bijna ochtend werd. Hup, oprotten jullie, naar huis. Naar huis. Elke dag iets minder lang. Iets minder schoon. Iets minder hart en ziel. Ze had genoeg. Van zo weinig geld en zoveel uren. Van al dat staan, al die lange dagen, al dat gezeur. Ja, José had het wel gezien, gehoord vooral. Steeds dezelfde verhalen. Steeds hetzelfde geklaag. Het bier te duur. De buurt te druk. De gokkast oneerlijk.

Ik wil niet plotseling zeggen, maar plotseling, op een avond, precies op het juiste moment (of pas een halfjaar te laat), zat er iemand aan de bar. Het was er een van hen, een van de nieuwe mensen. Maar hij zeurde niet, wilde niets bijzonders, hij dronk fluitje na fluitje en stelde vragen. Hij vroeg José van alles over haar, over de buurt, over de kroeg.

En hij dronk meer en hij dronk te veel. Hij kocht fluitjes voor de hele bar. En toen zei hij:

Misschien wil ik hem wel kopen.

Wie?

Het café.

Is goed, zei José. Als je het meent, dan mag je haar kopen. Morgenochtend, een uur of tien. Ik ben hier, ik zet koffie. Morgenochtend, dan praten we door.

En ze dacht: hij is dronken. José dacht: hij zegt maar wat. Een jonge kerel met romantische ideeën. Een jonge kerel met een droom. Hij heeft vast te veel *Cheers* gekeken. Morgen wordt-ie wakker en dan moet-ie gewoon weer werken. Dan is hij vergeten wat hij vandaag had gezegd. Wat hij vanavond had gewild. Want een beetje gezellig kunnen drinken, dat is één ding. Een bar hebben, dat is een ander verhaal. En morgen, na een kopje koffie, als zijn dronken beloftes langzaam terug tot hem komen, dan snapt hij dat ook. En dan vergeet hij wat hij die avond aan haar bar heeft gezegd, tot hij een jaar of vijftig is en nog steeds op kantoor zit en dan is het te laat. Dan heeft-ie een hypotheek en studerende kinderen, dan is-ie moe en heeft-ie last van z'n rug. En z'n schouders. Dat dacht José dus. Want zo gaat dat. José hoeft je niets te vertellen over de grote dromen van jonge mensen aan haar toog. Maar misschien, die avond, bij het schoonmaken van de toog, durfde ze heel even te hopen: wat als het deze keer nou wel...? Wat als dit haar kans zou zijn?

Volledig tegen José en mijn verwachtingen in zat hij daar. 's Ochtends, met zijn kater. Hij dronk koffie en hij had een plan. De volgende week kwam hij terug met z'n neef. Drie weken later met een dame van de bank. José twijfelde (we waren al zo lang samen. Ik was een familielid geweest, eentje die ze vaker zag dan al haar familieleden bij elkaar. We hoorden bij elkaar, wie was zij zonder mij, wie was ik zonder haar?), maar José twijfelde korter dan ik had gedacht. En een week of zes later lagen er papieren op de bar. Ze tekenden, ze proostten en dat was dat.

José tekende en ze had vrijheid. Nooit meer die nachten, nooit meer dat slepen, nooit meer tappen, nooit meer geklaag. Ze gaf nog een feestje; om de boel op te drinken. Ze poetste me schoon en ging naar bed. José ging naar bed en dat was dat.

Voor José dan. Voor mij begon een nieuwe morgen. Ik ging van donkerbruin naar wit. Van vol naar leeg. Van warm naar licht. De nieuwe toog was van staal en had een tap met heel veel kranen. De kleedjes gingen van de tafel, de gokkast werd opgehaald. Het dartboard ging naar het zoontje van de buren, Josés lievelingskruk mocht mee naar huis.

Ik kreeg een grote glazen gevel en een klein terras in de krappe ruimte voor de stoep. Brouwers kwamen langs, met hun bieren met gekke namen, en vertegenwoordigers van chique whisky en dure wijn. Er werd een koffiezetapparaat naar binnen gesleept, groot en glimmend Italiaans. En een tweede apparaat, dat de verse bonen maalt met veel lawaai. De koffiebonen kwam van ver, maar ook van een lokaal bedrijfje. En in de koelkast lag nu Duitse kola, stronken gember en pakken melk zonder melk.

Tegen het plafond werden boxen geïnstalleerd, waar de bovenburen nog vele nachten wakker van zouden liggen. En een nieuw kassasysteem verving de losse briefjes achter de bar. Er kwamen nieuwe maar oude kasten. De wc's werden betegeld, de vloer werd geschuurd, er werd een bank gebouwd die als berging kon dienen. Alleen de schemerlamp in de hoek was nog van mij.

Ik was hier al lang. Ik had vijf eigenaren gehad. Ik had de buurt zien veranderen, mijn gasten zien veranderen. En ik was zelf al vaak veranderd. Als ik niet op dezelfde plek had gestaan, had ik mezelf nauwelijks herkend. Misschien zou ik me moeten afvragen wat ik was. Of ik nog wel was. Maar dat deed ik niet. Ik ben een kroeg. Ik ben enkel ruimte.

Alles was anders. Alles moest anders. Zelfs mijn naam. Die moest jong en hip en kort en makkelijk te onthouden. Hij moest goed voelen en niet te bedacht:

Café Pleinzicht.
Bar Bart.
Van der Zande & neef.
De Zand.
Café Zand.
De Zandbak.
Bij de Watertoren (welke watertoren?).
Bar Zakdoek.
Bar Zak.
Zakbar.
De Afzak.
Het Kratje.

Mag ik nog een koffie?
U altijd.

Buurvrouw altijd. Dus ik maal bonen, ik zet koffie, ik stoom melk. Het maakt Buurvrouw niet veel uit, als er maar melk in zit, maar toch doe ik mijn best. Vakmanschap. Vakvrouwschap.

De eerste keer dat ik in Morgen kwam bestelde ik een cappuccino. Het was hier net open. Voordat het open was, was het ook een café geweest, maar daar kwam ik nooit. Pas toen het na jaren en jaren van kettingrokende gasten fris wit was geverfd, er nieuwe oude meubels stonden en iemand van binnenuit in spiegelschrift MORGEN op het raam had geschreven, toen ging ik erheen. En bestelde ik dus een cappuccino. Het was oktober en ik had een vrije middag. Ik had een boek meegenomen. Ik lees graag, maar zelden, de wereld leidt vaak zo af. Maar in een café lukt het soms wel. En dat was mijn plan voor die middag. Niet op Instagram kijken hoe het gaat met mensen die ik niet ken, niet een abonnement nemen op iets wat ik niet nodig heb, of wel nodig heb maar ook best zelf kan kopen (wasmiddel, sokken), niet dat artikel lezen (ik bedoel, de krant lezen mag best, maar dan niet 'Meer werken in minder tijd'. Of 'Hoe de ochtend van deze longarts en moeder van vijf eruitziet'). Nee, ik zou mijn telefoon in mijn tas laten, en zelfs de krant niet openslaan. Ik zou een boek lezen, het boek dat ik al maanden las, dat ik prachtig vond en grappig en inspirerend, maar waar ik toch geen tijd voor maakte.

Nu had ik deze middag vrij en had ik een nieuw café. Er zaten niet veel mensen, maar het was nog vroeg en het café nog nieuw. De jongen achter de bar begroette me bedeesd toen ik binnenkwam. Ik ging aan de lange tafel zitten, legde m'n boek op tafel, liep naar de bar en bestelde een cappuccino. Gewoon zoals je een cappuccino bestelt:

Hoi, mag ik een cappuccino?

Maar de jongen lachte, minder ongemakkelijk dan je zou verwachten, en zei:

Nee. Sorry. Ik kan dat nog niet.

Ik kon dat wel. Ik had al jaren niet achter de bar gestaan, maar dat ik een cappuccino kon maken, dat wist ik. En dat ik een cappuccino wilde, dat wist ik ook. Ik twijfelde of ik dat zeggen moest. Of ik geen irritante gast zou zijn, die dacht dat ze alles beter wist: barman, ha, dat is geen beroep, dat kan ik ook. Ik heb weleens een wijnfles opengemaakt, een biertje gedronken, ik heb weleens koffiegezet. Ik weet het beter dan jij. Ik weet alles beter dan jij.

En wie zegt dat ik het echt kon. De cappuccino zou kunnen mislukken. Ik zou het kopje kunnen laten vallen (per ongeluk). Het kopje stuk kunnen gooien (gewoon omdat ik daar ineens een onweerstaanbare behoefte aan zou hebben). De melk laten koken, over laten koken, geen land meer mee te bezeilen, geen koffie meer mee te zetten, over het kannetje, over de bar. Overal melk, de hele kroeg onder een kokend laagje vette melk. En ik dan in het midden. Met mijn grote mond.

Ja, ik kan prima cappuccino maken, maar beweren dat ik

het kan, dat was iets anders. En dus twijfelde ik even of heel lang voor ik zei:

Ik wel. Mag ik?

De barman lachte verbaasd, stapte opzij en liet me achter zijn bar. Ik had al jaren niet meer achter een bar gestaan, tegenwoordig zat ik voor mijn werk, achter een bureau, achter een vergadertafel. Af en toe stond ik op, maar over het algemeen zat ik, stil. Toch, hoeveel ik ook stil had gezeten, koffiezetten verleer je niet. Dus ik maalde bonen, ik zette koffie, ik stoomde melk (niet koken dus, je moet het kannetje nog aan kunnen raken), liet die nog even wat walsen, sloeg het kannetje hard op de bar (de overgebleven luchtbellen eruit, de echte pro's doen dit niet, maar je moet het me vergeven, ik had het al jaren niet gedaan), voorzichtig de melk erbij, voilà. Ik zou mezelf geen barista noemen, maar het was een prima cappuccino. En met een prima cappuccino kon ik terug naar m'n boek.

Ik was naar het café gekomen zodat de omgevingsruis mijn naar afleiding hunkerende hoofd zou bevredigen, maar het werkte niet. De omgeving was te aanwezig. En de omgeving werd steeds aanweziger. Ik zag lege glazen ophopen op de bar. Ik hoorde de mensen naast me iets bestellen maar er lang op wachten. Er verbrandde ergens een tosti. De jongen achter de bar zat in de stress. Natuurlijk kon ik weggaan, in een ander café mijn boek lezen. Maar om weg te gaan moest ik eerst betalen, en betalen moest aan de bar. Bij de jongen. En dan zou ik de paniek in zijn ogen zien. En dan zou ik

Mag ik betalen?

niet uit mijn mond kunnen krijgen. Ik moest hier dus blijven, aan deze tafel, wachten. Het werd zo vast wel beter. De mensen zouden weggaan, de jongen zou een collega krijgen. Het zou zichzelf oplossen.

Mijn cappuccino was op, ik las niet in mijn boek. Ongemakkelijk was ik. En dorstig. En door de geur van verbrande kaas had ik zin in een tosti gekregen. De bar stond inmiddels helemaal vol met glazen, flesjes, vuile borden, maar de jongen, die was verdwenen. Zou hij gevlucht zijn? Verstopt tussen de lege flesjes. Opgesloten op de dames-wc. Huilend in een voorraadkast. Weggeglipt door de achterdeur. Hij dook op, van onder de bar. Zijn hoofd rood en zijn ogen radeloos en ik zag dat hij zag dat ik hem zag. Ik had twee opties: de jongen vragen of ik iets voor hem kon doen. Of wegrennen zonder te betalen. En dus deed ik het maar. Ik vroeg of ik iets voor hem kon doen. Dat kon. Het bierfust was leeg en hij kreeg een nieuwe niet aangesloten. Ik wel. En toen ik daar toch weer stond achter de bar kon ik net zo goed zijn afwas doen. Het glas even weggooien. De bar opruimen. Een uur later was het café weer leeg, de afwas weg en de bar schoon. Ik ging aan de toog zitten en de jongen gaf me een biertje. Hij vertelde dat zijn neef deze bar had gekocht. En hem had gevraagd of-ie wilde instappen, dat had hem een leuk idee geleken. Hij had geen ervaring, maar hoe moeilijk kon het zijn. En nu stond-ie hier. En vroeg zich af of het wel echt een leuk idee was. Zijn voeten deden pijn, zijn rug deed pijn, hij kwam laat thuis, lag nog uren naar het plafond te staren en werd toch nog steeds om acht uur wakker. Hij verdiende weinig, zo weinig. En bovendien was hij er gewoon niet zo goed in. Ik wist precies waar hij het over had. Ik kende de pijnlijke voeten, de eeuwigdurende shift, het magere loon. En toch had ik heimwee. Het had geklopt achter die bar.

Na die dag kwam ik niet meer in Morgen, bang weer de stress in de barman z'n ogen te zien, banger nog dat de heimwee niet meer te negeren zou zijn. Ik liep er wel vaak langs, zoals je wel op de Instagram van je ex kijkt. De zaken gingen goed.

Het Verlaat.
Bar Laat.
Lokaal 5.
Lokaal Later.
Bar José.
Café José.
Het Anker.
Bar één.
Voor betere dagen.
In betere dagen.
Highbar.
De Pot.
De Pan.
De Hoek.
Op de hoek.
Café Kapper.
Café Karper.
Bar Beer.
Bar Vaak.
Bar Slaap.

Moe.

Café Moe?

Nee, ik ben moe.

Misschien moesten ze er even over slapen. Zouden ze morgen wel weten wat ze moesten doen.

Morgen.

Morgen.

MORGEN!

Jezus, Jasper, Morgen, dat is het.

Café Morgen.

En dat was dat. Ze noemden me Morgen. Een slechte naam. Zou je denken.

Morgen.

Morgen moet je werken.

Morgen moet je na drie keer snoozen echt opstaan.

Morgen heb je geen ontbijt in huis en geen koffie.

Morgen moet je je manager uitleggen waarom de presentatie nog niet af is.

Morgen moet je je belastingaangifte doen.

Afwassen.

Boodschappen.

Koken.

Sporten.

Je fiets laten maken.

Morgen moet je je nog een keer afvragen waar het toch heen gaat met je leven, je relatie, je scriptie, de politiek, de wereld. Dag na dag na dag. Morgen is wat je probeert te vergeten. Toch?

Ze noemden me Morgen. Ze bedoelden het anders. Ze noemden me Morgen, omdat het altijd morgen kan. Werken, opruimen, je zorgen maken. Morgen is alles er nog. Je ruziënde kinderen, je onopgeruimde werkplek, je zieke moeder, je zeurende collega's, je nieuwe liefde die je leven binnen walst met al zijn eigen problemen, ze over je heen stort en ze de jouwe maakt. Alsjeblieft. Nu heb je er nog meer. De stijgende zeespiegel, de groeiende kloof, het onderdrukkende patriarchaat.

Ze noemen me Morgen, omdat hier geen morgen bestaat. Omdat het hier altijd morgen nog kan. Mañana Mañana. Die morgen. Ooit.

Hier hoef je niet. Je drinkt, je eet, je bent. Je klaagt, je ziet, je hoort, je praat, je drinkt, je staart, je leest, staat op – even naar de wc –, je reageert (niet), je overdrijft, schept op. Je liegt, bedriegt, je leeft, je danst, je zingt, je drinkt, je flirt. Je vergeet, je leeft. En ziet morgen wel weer verder.

Ik ga even een boodschap doen. Ik was het brood vergeten. Hoe kan ik nou het brood vergeten. Ik kom zo terug, hoor lieverd. Ik kom zo terug.

Buurvrouw staat op en pakt haar rollator.

Heb ik al betaald? Nee toch? Nee. Nou, ik kom zo terug hoor. Ik moet nog even een boodschap doen.

Ze schuifelt weg. Is het gemeen om dat schuifelen te noemen? Nee toch. Nee.

Het is een gewone dag, maar wel een mooie, gewone dag vandaag. Het is vaak een mooie dag vandaag. Een opmaat naar de lente. Misschien had ik toch vrij moeten nemen, naar het strand moeten gaan. Een wandeling maken. Een portie kibbeling bestellen. Een warme chocomel drinken op een leeg terras. Mijn telefoon opnemen:

O, ja, dank je. Sorry, ik versta je heel slecht, het waait hier.

Dan wat schelpjes halen om 's avonds te koken voor vrienden. Dat had ik moeten doen. Vieren. Dat is wat je doet als je jarig bent. Ik had een maand geleden een mailtje moeten sturen, of zelf kaartjes moeten knutselen. Ik had mensen moeten uitnodigen. Een café af moeten huren, een festival voor mezelf moeten organiseren. Je moet jezelf vieren. Ik moet mezelf vieren. Leuke mensen doen dat. Leuke mensen zijn zo.

Ik had mijn jurk moeten aantrekken. Die groene. Ik had andere mensen moeten zeggen dat ze een jurk moesten aantrekken. Of een pak. Het liefste een roze. Ik had mensen moeten uitnodigen die ik te weinig zie. Oude vrienden. Oud-collega's. Mijn nichtjes, mijn neven misschien. Ik had cadeaus moeten vragen. Grote cadeaus. Of een bijdrage voor iets; een nieuwe bank, een grote reis. Drie maanden Colombia. Ik wil niet drie maanden naar Colombia. Niet omdat er iets tegen Colombia is. Er is niets tegen Colombia. In België word je een stuk sneller ontvoerd, las ik laatst. In Canada ook. Dus voor ontvoeringen hoef ik niet bang te zijn in Colombia. Dat is ook niet het probleem. Ik wil gewoon niet. Net zoals ik mijn verjaardag niet wil vieren. Als ik niets organiseer, kan het ook niet in de soep lopen. Ik leg mijn telefoon achter de kassa. Als je niet op je telefoon kijkt, kan niemand je verjaardag vergeten.

Het is een gewone dag. Maar het is wel een mooie dag. En een mooie dag betekent dat het hier rustig is. Op een mooie, doordeweekse dag hebben mensen wel iets beters te doen. En dus blijft het hier nog even stil. En ik heb de ijsmachine nog steeds niet schoongemaakt.

Straks komen de jongens van de brouwerijen. Ze brengen dozen en fusten:

Zal ik ze hier neerzetten?

Ik vraag of ze iets willen drinken, maar ze hebben hun bus dubbel geparkeerd. Koffie en frisdrank wordt 's ochtends bezorgd, dan ben ik er niet, wijn komt wanneer de wijndame dat wil, vaak in het weekend, midden in de nacht.

Het meeste bier komt dus op donderdagmiddag. Het is hier klein, heel klein. En dus moet het zo snel mogelijk opgeborgen.

De fusten gaan onder de bank, of ergens in een hoek. De dozen op een vide achter in de zaak. Dat is hoog. En ik ben klein. Ik moet een kruk pakken om een ladder naar beneden te trekken. En dan moeten de dozen omhoog. Het zijn er veel, ik klim de halve middag op en neer. Dat is niet erg, een doos bier is niet zo zwaar en twintig dozen zijn twintig keer niet zo zwaar. En ik ben sterk. Toch? Ja, ik ben sterk.

Het is gewoon veel werk. Als er mensen – mannen – in de zaak zitten vragen ze vaak of ze kunnen helpen. Of ze negeren me gewoon. Ik vind het stom als ze me negeren. En als ze vragen of ze kunnen helpen, zeg ik:

Nee, dank je.

Met een ondertoon van:

Wat denk je zelf? Ik hoef geen hulp. Ik ben volwassen. En sterk. En je had het niet gevraagd als ik een man was. Toch?

En dan hoop ik dat ze het toch doen, want dat scheelt heel veel werk.

Vandaag moeten er achttien dozen naar boven. Vandaag zit er geen man in de zaak, terwijl ik vandaag ja zou zeggen. Vandaag ben ik jarig en heb ik een bloesje aan. Een leuk bloesje, een fleurig bloesje met bloemetjes, een verjaardagsbloesje misschien wel. Een hip bloesje. Een bloesje waar ik complimenten over krijg (en terecht). Ik kocht het in een tweedehandswinkel, een tweedehandswinkel die zich *vintage shop* noemt. Het is een erg synthetisch bloesje.

Werken in de horeca is een beetje als naar een festival gaan. Veel lopen, lange dagen, overal dronken mensen. En net als op een festival zou ik het liefst iets gemakkelijks dragen. (Een oude spijkerbroek met een zwart shirt.) Maar net als op een festival wil ik er mooi uitzien. Me goed voelen, aantrekkelijk. Hip, kleurrijk en sexy. Niet alsof ik aan het klussen ben. Dit bloesje dus. Maar achttien dozen en een synthetisch bloesje zijn een slechte combinatie. Ik moet nog twaalf dozen en nog tien uur werken. En ik ruik mijn oksels nu al. Die ruikt straks iedereen. En dat kan niet. Ik kan niet geroken worden. Alsof ik een prooi ben en me moet verstoppen voor het roofdier. Alsof ik een marinier ben, in camouflagekleding tijgerend door een vijandige jungle.

Ik heb een geur. Ik zat net op de wc en ik rook mijn kut. Ja, mijn kut. Mijn doodnormale, natuurlijke kutlucht en ik schaamde me. Er was niemand op de wc, niemand die me ruiken kon en toch schaamde ik me.

Laat me ruiken. Godverdomme. Ik wil ruiken. Te ruiken zijn. Mijn synthetisch zweet, mijn kutlucht, mijn riekende adem, mijn haar dat ik na die doorrookte avond niet heb gewassen. RUIK MIJ.

In mijn tas zit een T-shirt; oud, simpel, zwart, saai. Erg saai, maar van katoen. Geurloos. Ik wil het niet. Ik ben jarig en wellicht oppervlakkig. Maar ik wil mooi zijn. Gewoon mooi zijn. Mooi zijn en begeerd worden. Ik weet echt wel dat er andere dingen belangrijker zijn. Maar ik wil gewoon ongelooflijk sexy gevonden worden. Ik wil legers mensen die om mij roepen. Nee, nee, dat lijkt me angstaanjagend. Zachtjes om me smachten (nee, dat is wellicht nog enger). Ik wil dat precies de juiste persoon mij respectvol maar spitsvondig benadert. Nee, sexyer. Ik wil dat iemand mij tegen de muur drukt als ik naar de wc ga, zegt dat ik adembenemend ben en me zoent. Jezus christus, Loes, je bent aan het werk! Het gaat niet om jou. Het gaat niet om je al dan niet woest aantrekkelijke lichaam. Je stinkt en trouwens, als je echt mooi was, dan had je daar geen bloesje voor nodig. Dan zou die schoonheid gewoon door dat saaie shirtje heen stralen.

Ik loop naar de wc, trek het saaie T-shirt aan. Mijn spiegelbeeld stelt me teleur. Ik graaf in mijn tas. Als het goed is zit er een lippenstift in. Er zit altijd een lippenstift in. Ik koop die dingen vaak en veel. Als ik het op heb voel ik me vrouw. Dan hoor ik Coco Chanel:

If you're sad, add more lipstick and attack.

Attack. Ja. Attack.

Maar voor ik aan kan vallen komt de schaamte. Waarom heb ik dit nodig? Wie heeft me dit aangepraat? Waarom voel ik me pas vrouw als ik een stereotype in de spiegel zie? Geloof ik soms niet in een meer diverse invulling van vrouw-zijn? Wil ik dan niet dat men mij ziet als stoere, onafhankelijke vrouw? Dat kan natuurlijk niet met lippenstift op. Je zet jezelf buitenspel. Je doet het voor de mannen. De lippenstift is het patriarchaat.

Ik kijk nog eens naar mijn teleurstellende spiegelbeeld, hoe moet dit grijze meisje de wereld dan aankunnen? Ik vind een lippenstift; bloedrood. Precies. Bloedmooi. Vlijmscherp. Loeisterk. Attack.

Loes wil:

Haar haren kunnen laten groeien. Op haar benen, onder haar oksels, buiten die zogenaamde bikinilijn.

Maar zelf kunnen bepalen dat ze ze toch wil scheren. Omdat dat zo lekker voelt.

Ze wil haar lippen stiften, haar lippen niet stiften. Waar ze zin in heeft, maar zonder oordeel.

Loes wil zelfvertrouwen, ook in een T-shirt.

Loes wil haar bloesje aanhouden, ook als ze stinkt.

Loes wil ruiken hoe ze ruikt.

Loes is jarig. En Loes wil:

Mooi zijn.

Mooi gevonden worden ook.

(Nee, niet aan de binnenkant.)

Sexy zijn. En stoer. En casual. En elegant en klassiek en eigentijds en hip.

En er niet te veel mee bezig zijn (alsof ze zo is opgestaan).

Loes wil:

Dat ze haar sexy vinden. En intelligent. Grappig, krachtig, erudiet. Mysterieus. Allesvernietigend. Een vrouw. De vrouw. Zij.

Ik pak de deo van achter de kassa, spuit al mijn geur weg.

Had jij net niet iets anders aan? Ik vond dat bloesje mooi. Fleurig.

Buurvrouw is terug.

Het stinkt.

Was er niet iets speciaals vandaag? Zei je niet dat er iets speciaals was? Ik ben iets vergeten hè.

Het is Vrouwendag.

Was dat het?

Vast.

Hallo.

Tracey. Tracey komt hier vaak, soms alleen, vaker met een date. Een batterij aan vrouwen is hier al mee naartoe gesleept. Ik speel het spelletje braaf mee, laat ze nooit merken dat ze slechts één uit een colonne zijn. Vandaag is Tracey alleen. Alleen, maar met een groot bord in haar hand. WE ARE THE WOMEN staat erop.

Hé, je hebt een bord! Kom je net van de mars?

Ja. Ja.

Wat goed. Ik denk elk jaar weer dat ik zou moeten gaan, maar ik ga nooit. Hoe was het?

Mag ik een biertje?

Eh ja. Natuurlijk.

Drie vaasjes en een cola.

Een double dry hopped double IPA en een saison.

Kan ik een rekening openen?

Een glas wit, een glaasje water en een spa rood.

Negen bier en acht sambuca. Of nee, onzin, doe maar negen sambuca. Wil jij ook? Tien dan, ja, tien. Negen bier, tien sambuca. Kom, doe er gewoon eentje mee.

Twee dubbele espresso. En water, heb je water?

Een muntthee.

Ik heb geen muntthee.

Een groene thee.

Drie gin-tonic. Twee van die ene die je me net gaf en een met grapefruit.

Een jonkie.

Mag ik pinnen?

Alcoholvrije IPA, heb je dat?

Vier vaasjes en een fluitje.

Heb je ook een blond biertje?

We zaten eerst daar, maar verplaatsen even naar buiten.

Twee witte wijn. Geen chardonnay.

Sorry, ik vind dit niet lekker, heb je iets lekkers?

Die ene hazy New England van de Gouden Beren.

Heb je nog koffie?

Kan ik een derde van de rekening betalen? Een derde van de drankjes en dan de hele kaas?

Vier bier en een spa rood.

Een halve liter pils alsjeblieft en een fluitje.

Heb je ook flessen wijn?

Mag ik een cola light?

Doe maar drie rode wijn.

Mag ik nog een IPA, maar dan een andere dan net.

Wodka.

Twee van die blondjes.

Mag ik nog een rondje; precies wat we net hadden, maar dan zonder de wijn. En met een vaasje extra.

Heb je tequila?

Een kopstootje met oude jenever, die ene.

Twee fluitjes en een 0.0.

Ik denk dat ik even een glaasje water moet drinken.

Ik wil drie bier.

En Loes? Wat wil Loes? Loes wil een tosti. Loes heeft al gegeten, Loes had vanmiddag nog een muffin. En drie koekjes. Loes heeft vannacht nog een halve taart weg zitten schransen. Loes moet even rustig aan doen. Loes moet even denken aan al die calorieën die ze gedachteloos in haar mond stopt. Loes moet gewoon een appel eten. Of beter nog, een wortel. Maar een wortel in een bar, kom daar maar eens om. Hou je bek. Ik wil een tosti. En extra mayo. Nee, ik heb geen honger, ik verveel me.

Tracey heeft nog drinken. Tafel 5 drinkt niet door. De tafels zijn schoon. De afwas is gedaan, het terras is geveegd. Ik zou de kast bij kunnen vullen. Ik moet de kast bijvullen. Maar de kast is hoog, en ik ben een stuk minder hoog. Om bij te vullen moet ik klimmen. Soms is dat leuk; een volle bar, een fles van boven, klimmen, en dan al de ogen op mij. Ik ben een acrobaat. Ik ben een aapje. Ik ben een turnster. Ik ben een barvrouw. Dit is mijn rol. En als ik zin heb, is het mijn lievelingsrol.

Maar voor ik de kast in kan klimmen: wat heb ik aan? Is het kort? Is het strak? Kan het scheuren? Kun je iets zien wat eigenlijk niet te zien moet zijn?

Ik heb een lievelingsbroek. Op het label staat XXL. De broek is tweedehands. Van zo'n app. Hij zit heerlijk. Trekt gemakkelijk aan, geen gesjor, je hoeft je buik niet in te houden. Gewoon een been in de ene pijp en eentje in de andere. Dat klinkt logisch, maar dat is het niet. Niet voor mij.

De XXL-broek is bijzonder. Hij zit niet alleen lekker, hij staat me ook goed. Kleedt af, zoals men dan zegt. Dat is een compliment, iets staat goed als het je kleiner maakt. Mooie broek, je lijkt wel dunner, kleiner, minder dan je bent. Nee hoor, je kont lijkt niet dik, het is net alsof je helemaal geen kont hebt. Prachtig. Niets meer aan doen.

Ik hoef niet na te denken als ik de broek aanheb, niet bij het bukken, niet als ik op de fiets stap, niet als ik klim. Ik kan erin bewegen. Ik kan erin zijn. Dat is handig als je achter een bar staat. De XXL-broek vindt alles prima, het is een zeer tolerante broek. Maar ik draag hem niet meer in het openbaar. Alsof de maat op de kont is gestikt, alsof iedereen ziet hoe groot hij is. Hoe groot ik ben. XXL, ze moest zich schamen.

Vandaag draag ik de spijkerbroek die ik eigenlijk misschien wel niet pas. De spijkerbroek met liezen die het ieder moment op zouden kunnen geven. En dus klim ik niet, en dus pak ik een kurk.

Kijk je uit, meisje?

Ik doe het vaker, buuf.

Nee, ik bedoel je broek. Je scheurt er bijna uit. Zijn je dijen niet iets te dik?

Adem in, adem uit. Ik boks om te kunnen omgaan met woede. Om het te voelen en om er vervolgens iets constructiefs mee te kunnen. Keihard tegen een bokszak slaan bijvoorbeeld. Adem in, adem uit. Ik ben boos. Ik voel de boosheid. Ik accepteer de boosheid. Maar ik kan niet boos zijn op een bejaarde. Ik kan Buurvrouw geen rechterhoek geven. Respect. Respect. Ik heb respect. Ik neem Buurvrouw serieus. Serieus genoeg om ongelooflijk kwaad op haar te worden. Het is geen seniel mens, het is een mens, een mens met een mening en die mening kwetst me.

Ik was nooit dun. Ik begon als een grote baby. (Ik was laat, had een paar weken extra in de baarmoeder nodig om, ja, waarom eigenlijk, me klaar te maken?) Ik begon als een grote baby, en ik was ook geen dun kind. Ik hoorde een tante een keer tegen mijn moeder zeggen dat ze me misschien geen brood meer moest geven, toen ik niet in de jurk van mijn twee jaar oudere nichtje paste. Mijn moeder knikte en verstopte vanaf die dag de chocola. Ik was er zelf niet veel mee bezig. Het deed er niet toe.

Tot de middelbare school. Op de middelbare school doet alles ertoe. Vooral de lichamen van pubermeisjes. Lage broeken, hoge truitjes. We zagen Britney. We keken naar Christina. Naar Aaliyah. Lage broeken, hoge truitjes, platte buiken, navelpiercings.

Maar ik had geen personal trainer, ik sportte überhaupt nooit. En dus at ik gewoon zo min mogelijk. 's Avonds, als ik thuis aan tafel zat, moest ik wel, maar overdag deed ik of ik zonder kon. Een appel misschien. Een cola light. Koffie ook (zonder suiker). Maar vooral water. Liters en liters water. Ik kocht mijn broeken te klein en wurmde me daar dan iedere ochtend weer in. Anderhalf jaar hield ik het vol. Anderhalf jaar wurmen, toen werd ik alto. Wijde broeken, grote truien, laag over laag. En langzaam, heel langzaam begon ik mijn lichaam te waarderen. Mijn grote borsten, mijn zachte buik. Het lukte me. Soms.

Hoe ouder ik werd, hoe beter het ging. En hoe beter het ging, hoe groter ik werd. Gewoon zoals dat gaat: op jezelf wonen, voor jezelf koken (pasta, altijd maar die pasta), en tussendoor kaasbroodjes, bitterballen en natuurlijk bier. Bier, altijd maar dat bier.

Mag ik een biertje?
Zou je dat wel doen?
Mag ik een biertje?
Daar word je dik van.
Mag ik een biertje?
Vrouwen drinken geen bier.
Mag ik een biertje?
Misschien een glaasje water?
Mag ik een biertje?
In een vaasje pils zitten 145 calorieën.
In een blikje IPA zitten 178 calorieën.
In een Tripel meer dan 200.
Mag ik nog een biertje, alsjeblieft?

Loes is jarig. En Loes wil:

Hard praten.

Harder praten.

Statements maken.

Statements die niet gehoord willen worden.

En die draaikonterig van mening veranderen.

Geil zijn.

En dat zeggen, schreeuwen van de daken, fluisteren in je oor.

En doen. Alles doen. Ook als haar benen niet geschoren, ook als haar kwabben iets te kwab. Ook als ze zich eigenlijk zou moeten schamen voor het wit in haar onderbroek.

Loes wil:

Seks met een vrouw.

Seks met twee vrouwen.

Seks met een man.

Seks met twee mannen.

Seks met een man en een vrouw.

Seks met een persoon.

Met meerdere personen.

Seks met zichzelf.

Denkend aan die ene, ook als het niet kan. Ook als het niet mag.

Loes wil:

Hetzelfde doen.

Hetzelfde laten.

Hetzelfde mogen.

Hetzelfde beoordeeld worden.

Hetzelfde betaald krijgen.

Ze wil niet doen alsof ze niet slimmer, gevatter, meer op de hoogte is.

Niet bang zijn als er iemand achter haar fietst.

Niet bang zijn voor straatjes, viaducten, als een kind voor het donker.

Geen stomme grappen.

Geen ogen op je borsten.

Geen handen om je billen.

Of net iets te lang op je been.

Geen waarom kijk je zo boos? Je bent zoveel mooier als je lacht.

Geen gevaar (zag ze nou Rick weer door het raam?).

Ze wil op durven scheppen. Overschatten, overschreeuwen.

Ik ben er, wereld. Wen er maar aan.

Loes wil dat. En een tosti. Ze is jarig, dus doe er maar een strik omheen.

Ik kreeg een baan. Een echte baan. Zo een op een kantoor: stilzitten, de hele dag stilzitten op een kantoor. En een kantoor betekent: altijd iets te vieren. Er is iemand jarig, zwanger of bijna weg. Het is weer vrijdag of bijna vrijdag. Eind van de maand, eind van een project, einde van de dag.

Ik liep niet hard, ik wandelde ook zelden. Af en toe schreef ik me in bij een sportschool, vaak ging ik niet. De laatste keer mat een medewerker mijn vetpercentage, ze zei dat ze schrok van het resultaat en ik ben nooit meer teruggegaan.

Maar om me heen leken de mensen hier allemaal geen last van te hebben. Ze bleven dun, ze werden slank. En ik wist niet hoe. Of misschien wist ik het ook wel: nee. Nee zeggen was belangrijker nog dan yoga en hardlopen, belangrijker dan bootcamp in het park.

En ik zei ja. Heel vaak ja.

Ja.

Ja, lekker.

Ach ja, waarom ook niet.

Nog eentje dan.

Nee, of: waarom ook niet. Welja, als niemand de laatste pakt dan doe ik het wel.

Jazeker!

Ja.

Ja.

Ja.

JA.

BAM. Ik schrik meer dan ik zou moeten schrikken. Het was gewoon het bord. Het bord van Tracey dat tegen de bar stond.

Zal ik het achter zetten?

Wat?

Je bord?

Mijn bord?

Dit bord.

O ja. Ja dat is niet mijn bord.

Heb je een bord gestolen?

Kut. Wacht. Ja. Ik heb een bord gestolen.

Wat heb je gedaan?

Ja, wat heb ik gedaan?

Nee, nee, zo bedoel ik het niet. Wat heb je gedaan dat je een bord hebt gestolen?

Ik had een date.

En de date had een bord.

Ja.

Tracey vertelt graag verhalen over haar dates. En nog liever over haar mislukte dates. Maar nu zegt ze niets.

Wil je anders nog iets drinken?

Absoluut.

Kopstootje?

Absoluut.

Ik tap een biertje voor Tracey. En pak een fles jonge jenever uit de koelkast. Een kruidige. Er bestaat een misverstand over jonge jenever. Of eigenlijk vooral over oude. Oude jenever is niet oud. Oude jenever is... nee, dit is niet het moment om over jenever uit te weiden. Tracey heeft iets te drinken nodig. Tracey wil geen oude jenever. En bovendien weet ze dit allemaal al.

Ik schenk Traceys glas vol. Zo vol dat er een bolletje op het glas staat en ze eerst een slok moet nemen voor ze het glas op kan pakken. Traditie.

Ik ben jarig. Deze is van mij.

Ik schenk een halve in voor mezelf, het is bijna vijf uur.

Proost.

Gefeliciteerd.

Dank.

Geen feestje?

Geen feestje. Ik hou niet van feestjes. Nee, ik hou niet van mijn eigen feestjes. Ik ben altijd bang dat ik daar dan sta in mijn glitterjurk, met mijn hapjes en mijn kratten bier, en dat er dan niemand komt. Ooit was hier een meisje; ze had van tevoren gebeld of ze haar verjaardag kon vieren. Of ze haar eigen taart mee mocht nemen. Twintig mensen ongeveer. Eerste paar rondjes waren van haar. Ze kwam om een uur of acht. En ze kwam ook om een uur of acht. Met haar moeder. En slingers.

Mag ik die ophangen?

Ik had een hoekje voor haar gereserveerd. Ze had er zin in. Ze droeg een mooie jurk, haar haar opgestoken, lippenstift. Ze zag er jarig uit. Ze bestelden een wijntje – nee, doe maar een gin-tonic, het is feest. Ze hingen de slingers over een lamp, zetten de taart op tafel. Ze gingen er tevreden zitten. Ze dronken hun gin-tonics, hadden het best gezellig samen, maar de jarige dochter keek van haar telefoon naar de deur. Halfnegen: niemand. Negen uur: niemand. Het regende buiten. Maar niet echt hard. Er belde iemand, ze kreeg een appje, maar er kwam niemand door de deur. Ik maakte nog wat te drinken voor ze, kreeg een stukje taart. Ik durfde hun kant nauwelijks op te kijken. Plaatsvervangende verjaardagschaamte. Iets na tienen kwam er iemand binnen. Het was duidelijk geen goede vriend. Hij kende haar moeder niet. Hij dronk twee biertjes, prikte in zijn taart, en stapte weer op. Nu durf ik nooit meer mijn verjaardag te vieren.

Helemaal niet?

Ik heb gister bij mijn ouders gegeten.

Gezellig.

Ja.

Ja. Gezellig. Mijn verjaardag was precies zoals alle verjaardagen: mijn moeder had een mooie jurk aan, Peter zijn rode overhemd. Ik droeg mijn zwarte jumpsuit, in mijn zwarte jumpsuit lijk ik slanker. En als ik slanker lijk, dan is mijn moeder trots. Ik heb ook een jumpsuit met een print van ogen. Een feestelijke jumpsuit, maar in print lijk je niet slank. In print lijkt je lichaam precies zo vol en fantastisch als het is. Vol en fantastisch en vol met ogen. Maar dat deed ik niet. Ik had mijn groene jurk aan kunnen doen. Maar dat deed ik niet. Ik droeg mijn zwarte jumpsuit. En hakken. Ik had mijn huid jong en gezond geschminkt, extra mascara op. En mijn lippen een natuurlijke kleur rood gestift. En ja hoor:

Je ziet er goed uit, zei mijn moeder.

Ze twijfelde even, wilde zeggen dat ik afgevallen was, maar deed het niet:

Slank.

Met haar hand streek ze over mijn heup. En ik zei niet dat het niet waar was, dat ik helemaal niet slank ben. Dat het een optische illusie van deze jumpsuit was. Dat ik hem daarom aan had gedaan. Ik knikte gewoon.

Mijn moeder zette olijven neer en nootjes en crackers. Felix zat niet in Zwitserland maar in Luxemburg. Hij had het druk, hij had het altijd druk, hij had een drukke baan. Ik wilde een biertje maar dronk wijn, en at nootjes, maar niet te veel. Er waren cadeaus, een paar kleintjes en de grote mocht ik zelf uitzoeken.

Wil je een weekendje weg of heb je nog iets nodig? Een kleed voor je bank? Een bijdrage voor een nieuwe fiets? Zei je niet laatst dat je je fiets moest laten maken? Dat de versnellingen zo slecht zijn? De fietsenmaker hier had mooie. Een stuk goedkoper dan in de stad. Zeg het maar hoor, zullen we zaterdag even gaan kijken?

Ik nam nog een hand nootjes en knikte. Mijn moeder had vlaggetjes opgehangen en er was een kaart van tante Jos (die niet echt m'n tante is, maar een oude buurvrouw die vroeger op ons paste). Ik pakte nog wat olijven, mijn moeder keek maar zei niets. De contradictie van mijn moeder: er moet altijd genoeg te snacken zijn, maar je mag er nooit te veel van eten.

Ik ging in de keuken kijken. Peter was druk, maar ik kon niet helpen. Ik schonk mezelf nog een glas wijn in.

Hoe gaat het met Lily? vroeg mijn moeder. Hoe is de zwangerschap?

Prima, zei ik. Ik had geen idee.

Hoe gaat het met Thijs? vroeg mijn moeder. Hij was toch ziek?

Ik knikte, Thijs was ziek en niemand wist wat het was. We wisten dat het niet goed ging, maar dat was geen gezellig onderwerp.

Hoe is het met je huis? vroeg mijn moeder.

Prima, zei ik, helemaal prima.

Onzin eigenlijk, het ging niet prima met mijn huis. Het

ging hetzelfde met mijn huis. Mijn huis is een huis met schimmel en tocht en een rottend kozijn, dat veranderde niet.

Paula vroeg hoe het met je ging, zei mijn moeder.

Paula is wél mijn tante. En ik weet niet of Paula echt gevraagd had hoe het gaat, of dat het een handig bruggetje was naar het volgende stukje monoloog van mijn moeder.

Ze vroeg of je nog blij was met je werk. Dat het toch best pittig is, die onregelmatige werktijden, en zo zonder contract of pensioenopbouw.

Mijn werktijden zijn niet onregelmatig, ze zijn alleen 's avonds. Ik heb een contract en bouw wel pensioen op, maar dat zei ik niet, want dat maakt niet uit. Het maakt niet zoveel uit dat ik blij ben met mijn baan, dat ik me voor het eerst op mijn plek voel. Het maakt niet uit, want het is een café en een café is geen carrière. Het is werk. Ik zit niet achter een computer. Ik begin niet om negen uur. Ik geef geen presentaties. Mijn naam wordt niet in rapporten genoemd. Ik krijg geen promotie. Ik word geen partner. Dat zei ik allemaal niet. Misschien morgen. Als ik ouder ben. Als ik wijzer ben. Misschien ben ik morgen volwassen genoeg om mijn moeder te vertellen hoe ik mijn leven wil leiden. Maar waarschijnlijk niet, laten we eerlijk zijn.

Ik knikte weer, Paula heeft gelijk, het is hartstikke zwaar. Ja, dan heeft m'n neef Chiel het stukken beter voor elkaar. Had ik al gehoord dat hij een nieuw huis heeft gekocht? Ja. De Fundalink stond in de neven-en-nichtenapp. Zo mooi, zo groot, zo'n prachtige investering. Daarna vertelde mijn moeder een verhaal over de buurman. En over de problemen met het nieuwe internet.

Peter kwam binnen met het eten. Ik had mogen kiezen, want ik was jarig en ik wilde vis, want ik eet nooit vis en ik weet dat

Peter graag vis kookt. En dus was er vis – een nieuw recept, hij had het vorige week alvast geprobeerd. Portugees, denk ik. Hij had ook nog sla en brood, om mee te dippen. En hij zette twee flessen wijn op tafel. Witte wijn. En andere witte wijn. Een Portugese

want dat hoort bij het gerecht
en chardonnay
want daar houdt je moeder van.

Ik ben te streng voor mijn moeder, dat weet ik best. Ze doet haar best. Het is ook niet dat we niet kunnen praten, het is dat we niet over onszelf kunnen praten. We praten over anderen. Over anderen. Via anderen. Via meningen, verwonderingen en frustraties. Toen ik laatst ziek was, vertelde ik mijn moeder over mijn buurman. En dat-ie zoveel lawaai maakte. Dat het leek alsof hij de hele dag aan het hameren was. Dat ik dat hoorde omdat ik voor het eerst een week thuis was.

Gaat het nu beter? vroeg ze.

Alleen nog een beetje moe, zei ik.

Nee, met de buurman.

Ik miste Felix. Felix reist veel, voor z'n werk en om zijn geld op te maken maar als hij er is, is zijn rol met sterke verhalen de avond open te breken. Nu deed ik mijn best en vertelde een verhaal over een Portugese film die ik had gezien. En dat ik misschien ooit, als ik oud ben, een huis aan een klif zou kopen van de erfenis. Peter lachte. Mijn moeder had een artikel gelezen waarin stond dat ze in Portugal helemaal niet op al die Nederlanders zitten te wachten. Ze stelde Denemarken voor. Daar hebben ze ook kust. En ze deed haar best. En ik deed mijn best. En het was een prima avond.

Na het eten de taart. Mijn moeder had echt een mooie gehaald, zo'n halve bol, glimmend van de chocolade. Ik kreeg een klein stukje, mijn moeder nam iets meer dan een hap. De restjes kreeg ik mee.

Ik stond op om te helpen met afruimen.

Blijf zitten, je bent jarig.

en schonk nog maar een glas wijn in. Mijn moeder keek me aan. Maar ik was jarig en volwassen en dronk dus een glas wijn na de koffie, want ik was jarig en volwassen en als ik wilde drinken na de koffie, dan dronk ik na de koffie.

Om kwart over tien zat ik in de bus naar huis. Ik liep nog even langs Morgen.

Morgen, Jasper. Morgen ben ik jarig!

en ik bleef zitten tot het twaalf uur was en Jasper maakte een verjaardagscocktail voor me die niet lekker was maar wel sterk. Ik kreeg een biertje om hem mee weg te spoelen. Ik hielp met vegen, maakte de tafels schoon, en zeurde wat over mijn moeder. We aten de overgebleven taart en dronken Japanse whisky. Ik vergat mijn cadeaus achter de bar, liep naar huis en viel in slaap met mijn laptop in bed. Gefeliciteerd, lieve Loes, fijne verjaardag.

En dus werk je vandaag?

Ja.

Dan ben ik op je feestje! Heb je taart?

De taart is op. En ik wil geen feestje. Ik wil gewoon overgaan tot de orde van de dag. Niet omdat ik niet van feestjes hou. Ik ben dol op feestjes. Loes 'Feestjes' Schalkwijk. Loes 'Laten we erop proosten' Schalkwijk. Loes 'Dat moeten we vieren' Schalkwijk. Loes 'Het leven is een feestje' Schalkwijk. Loes 'Kijk mij eens zelf de slingers ophangen' Schalkwijk. Loes 'Kom, we nemen er nog eentje' Schalkwijk. Maar ik wil niet dat ik jarig ben, ik wil niet dat dit jaar over is. Ik wil dat er niets verandert. Ik wil dit jaar, dertig keer en dan met pensioen in Portugal.

De taart is op, sorry.
Dan drinken we maar. Proost.
We proosten. En we proosten met Buurvrouw.

Misschien moet ik gewoon even naar buiten, roken. Roken en de zon staat nu precies lekker op het voorterras. Heel even een peuk, een kopje koffie, misschien een koekje erbij, misschien een paar koekjes erbij. Maar ik zag hem net voorbijlopen, richting de Albert Heijn. En als hij voorbijloopt, dan moet hij ook weer terug. Het is licht, het is overdag en ik heb een prima rechterhoek. Maar ik blijf binnen. Ik zit binnen, veilig opgesloten achter de deuren. Veilig opgesloten achter mijn bar. En als iemand zou vragen waarom, zou ik liegen. Dan zou ik zeggen dat ik wil stoppen met roken, goed voornemen voor mijn nieuwe jaar.

LOUISE!

Louise!

Piloot roept van buiten. Piloot, ik ben ineens blij om haar te zien.

Het duurt altijd even voor ze naar binnen komt. Tien minuten, twee peuken, een paar keer diep zuchten. Ze is hier vaak en toch lijkt het haar altijd moeite te kosten binnen te komen. Steeds meer zelfs. Ik breng haar biertje alvast naar buiten, dan zegt ze geen bedankt en dat is dan oké. Ze neemt haar slokken. Ze rookt haar peuken. Ze komt tot zichzelf. Of juist tot de ander. Een andere versie van zichzelf. De openbare versie van zichzelf. De zelf van Morgen. De zelf met de verhalen. Piloot. Ze is lang, lang en dun, op het magere af. Ze heeft het ook altijd koud. Draagt laag over laag over laag en vaak zelfs een skibroek.

Louise, ik wil er nog een. Ik ben dorstig.

Als ze binnenkomt, dan is ze er. Opgeladen. Aangezet. Ze schreeuwt mijn naam, hoewel, ze noemt me Louise, omdat ik ooit vertelde dat dat de naam van mijn oma was (dat vergeet Piloot dan weer nooit).

Piloot drinkt sterk blond, Belgisch bier. En jenever. Vier

meestal. Soms vijf, maar dan komt ze lastig thuis. Dan stuur ik iemand met haar mee. Als het heel koud is, wil ze het bier donker. Als het grijs is en regent drinkt ze port. En soms gaat ze ineens voor pils. Ze wil al haar bier in smalle glazen, als ik dat vergeet is ze boos. Als ik al heb getapt maar ze wil toch iets anders, dan is ze boos.

De derde week van de maand geeft ze rondjes. De laatste week van de maand komt ze vaak niet. Geld op. Ik hou van haar vrijgevigheid, maar ik vind het oneerlijk hoe weinig ze ervoor terugkrijgt. Soms wil ik haar beletten een rondje te geven, maar ze luistert niet naar me. Waarom zou ze ook.

Ik weet niet hoe ze heet. Ik vroeg het weleens, maar kreeg iedere keer een andere naam, een ander verhaal. Ik heb het opgegeven, ik noem haar Piloot. Iedereen noemt haar Piloot. Prima, Piloot. Ze vertelt vaak een verhaal over vliegen in Afrika. Ze vertelt veel verhalen, maar iets moet er toch waar zijn. Of eigenlijk kan alles waar zijn en misschien wel tegelijk. Piloot kan iedereen zijn. Ooit zei ik tegen de toeristen naast haar aan de bar dat ze de burgemeester was. Ze pikte het verhaal zonder twijfel op en hield het de hele avond vol, haar Engels was beter dan ik had gedacht. De toeristen waren vol bewondering, Piloot kreeg vier drankjes van ze. Iedereen een goede avond.

Soms vraagt ze of ik andere muziek op wil zetten. Of zachter. Of harder. Soms schreeuwt ze het. Soms doe ik het. Niet dat ik vind dat ze gelijk heeft. Of dat ze iets over de muziek te zeggen heeft. Maar het is een stuk makkelijker om haar gewoon gelijk te geven en ik heb het druk. Niet nu, maar in het algemeen.

Dus soms zet ik de muziek zachter of harder of anders en tap ik nog een biertje voor haar. Ze zegt geen

dank je wel

en dat is oké.

Binnen raakt Piloot aan de praat met iemand die ze kent of iemand die ze niet kent. Raakt aan de praat klinkt te toevallig, ze forceert de praat. Ik vraag me weleens af of ik iemand moet redden, maar het is Piloot maar, een vrouw van een jaar of... ja, wat zal het zijn? Zestig? Zeventig? Kan een vrouw van een jaar of zestig, zeventig een bedreiging zijn? Nee toch?

Vorige week kregen we twee hopstekjes van Piloot:

Het is vroeg voor hop, zei ze, maar het is zo mild, ik denk dat het wel kan.

Je moet er goed voor zorgen, zei ze, en ze naast de deur planten, aan weerszijden, dat is mooi.

Ik deed wat ze zei. Ik plantte de stekjes, aan weerszijden van de deur, het is soms makkelijker om Piloot haar zin te geven.

Je geeft ze iedere dag water, ze houden ook van zeepsop.

Mag ik ze ook bier geven, of is dat kannibalistisch?

Water. Straks komen er scheuten, die lijken een beetje op taugé, die moet je weghalen en dan eet je ze op. Een Belgische delicatesse. Verschrikkelijk duur. Dus je moet wel uitkijken voor de hop, zegt ze ineens streng. En je moet ook uitkijken dat de mensen uitkijken voor de hop. Ze mogen er niet tegenaan staan.

Het is wel een kroeg, hè. Geen tuinderij.

Jullie moeten gewoon oppassen. Hop is kwetsbaar, het groeit straks heel snel. Je kunt het bijna zien groeien. Nu moet je gewoon even oppassen. Zo moeilijk is dat toch niet?

Er groeien nu dus twee hopplantjes naast de deur. En nu zeg ik tegen mensen dat ze uit moeten kijken als ze buiten gaan roken. Nu tegen de puppy van Jo dat ze niet op de plantjes moet kauwen. En ik heb een bordje geschreven met

PAS OP, JONGE HOP.

En nu zijn we dus een tuinderij.

Ik hou je in de gaten, zei ze.

Misschien is het niet zo erg. Hop is belangrijk voor bier. Zonder hop geen bier (ja, je kunt technisch gezien bierbrouwen zonder hop, maar laat me nou even m'n punt maken). Laatst was de hop bijna op en toen was iedereen in paniek. Hop is een plant uit de hennepfamilie, een kleine familie met maar twee familieleden: cannabis en hop dus. Toevallig twee van de populairste planten van deze stad. Hop komt in het wild voor in West-Europa, maar wordt hier vooral veel geteeld voor bier. Het heeft twee functies: smaak en conservering. Tenminste: de vrouwelijke hop. Je hebt niets aan de mannelijke hop, behalve als je een nieuwe hopsoort wilt kweken. Voor bier gebruik je de bloemen van de vrouwelijke hop. Het is zo belangrijk dat het vrouwelijke hop is dat het in België verboden is mannelijke hop te laten groeien in een straal van vijf kilometer rond een hopplantage. Zonder vrouwelijke hop geen bier.

Neem je zelf ook iets?

Ja.

Ik zei ja. Heel veel ja. En ik groeide. In lichaam. In stem. In mening. In zijn. Ik zwaaide mijn handen. Ik lakte mijn nagels. Ik stak mijn krullen uitbundig op. Ik droeg felle kleuren en liep op hoge laarzen. Plakte nog meer wimpers op mijn wimpers en stiftte mijn lippen rood. Roder. Roodst.

Ik was veel, te veel misschien, dat zag ik in de blikken. Ik was groot. Groter. Maar ik vond het niet erg. Nee, echt niet, echt niet erg. Geloof me maar. Ik hield van mezelf, maar het werd me niet makkelijk gemaakt. Want die blikken. Steeds weer die blikken. En steeds meer die blikken. Kijk naar haar, hoeveel van haar. Kijk hoe zij zich daar niet eens voor lijkt te schamen. Kijk haar eten. Kijk haar drinken. Alsof ze het opgegeven heeft. Geen streefgewicht heeft. Alsof ze het prima vindt. Alsof ze zichzelf prima vindt. Misschien zelfs wel mooi. Ongelooflijk.

En de ergste blikken, die waren van mijn moeder. Zoals sommige mensen vegetariër zijn, zo dieet mijn moeder. Een chronische eetbeperking. Atkins, appels, South Beach, Hartstichting, Sonja, een keertje keto, maar dat hield ze niet vol. Ze was altijd bezig. Zodat die ene broek zou passen maar die ene broek paste nooit. Dat was de broek van toen ze vijftien was of vijfentwintig of weet ik het. Het maakte mijn vader niet uit. Het maakt Peter niet uit. Het ging om haar en zij wilde die broek. En zij wilde die broek ook voor mij. Ik paste die broek niet, ik heb die broek nooit gepast, ik was niet de dochter die zij voor ogen had. Misschien had ze wel geen probleem met mijn dik zijn maar met de ruimte die ik innam, ruimte die zij nooit had gehad.

Ik voelde dat het klopte, meer Loes, nog meer Loes. Het paste. Ik paste – met mijn stem, mijn onrust en mijn hele persoon – een stuk beter in mezelf. Een stuk beter in mijn lijf. Alsof mijn lijf eindelijk de ruimte had gevonden en mijn zelf niet meer in de weg zat. Ja, ik was trots, niet eens zo diep vanbinnen. Dit ben ik. Dit ben ik allemaal. En als iemand zich daar ongemakkelijk bij voelt: dikke pech. Dat is wat ik mezelf in de spiegel vertelde. Dat is hoe ik me besloot te voelen, naakt dansend in mijn eigen huis. Dat is wat ik me dag na dag inprentte. Ik ben groot. Ik ben mooi. Ik ben woest aantrekkelijk.

Mijn grote lichaam gaf ruimte voor mijn grote zelf. Ruimte. Voor mijn onrust. De onrust die er altijd was. En die steeds meer plek kreeg om te dwalen. Maar hoewel ik mezelf die ruimte gunde, die ruimte was er niet. Niet op kantoor bijvoorbeeld. Waar ik stil moest zitten. Waar ik door moest werken. Stilzitten. Stil zijn.

Stil, Loes. STIL.

Ik kocht een betere koptelefoon. Luisterde podcasts tijdens het werk, of cafégeluiden, harde hiphop, meditatieve techno, brown noise, Afrikaanse pop die ik niet verstond. Het hielp niet.

Ik zette een wekker, in de vorm van een tomaat: 25 minuten werken, 5 minuten rust, 25 minuten werken, 5 minuten rust, 25 minuten werken, maar ik staarde de 25 minuten steeds vaker wazig voor me uit.

Ik begon eerder. Later. Ging hardlopen voor het werk. Even wandelen in de pauze. Mediteren. Werkte een middag minder. Het hielp niet. En het kon zo niet langer, althans, dat zei mijn manager.

En dat was het begin van de pillen en het tijdelijke einde van de JA.

Voor ik de pillen kreeg, moest ik een test doen bij een psychologisch centrum. Ik moest in een tl-verlicht hokje zitten met een klein raam dat uitkeek op een blinde muur. Om mijn hoofd zat een sensor met een elastiek. Er stonden een bureautje, een bureaustoel en een computer. Zo'n oude, grote. Op het scherm verscheen afwisselend een blauw blokje, een blauw rondje, een rood blokje en een rood rondje. Ik moest klikken als ik twee keer achter elkaar dezelfde kleur zag. Of iets heel anders, maar in ieder geval iets met blauw en rood. Het was geen moeilijke taak. De figuurtjes verschenen langzaam. Zitten, klikken. Zitten, klikken. Erg langzaam. Net als de tijd. Het duurde twintig minuten, dat hadden ze me van tevoren gezegd. Twintig minuten, ik had geen idee hoelang dat is. Ik moest gewoon blijven zitten, hadden ze van tevoren gezegd. Gewoon blijven zitten. Blijven zitten. Blijven zitten. BLIJF.

De sensor op mijn hoofd registreerde mijn bewegingen. Ik kon niets, mocht niets. Ik moest me concentreren op de taak, maar de taak was te langzaam om een concentratie te verlangen.

Wat ik probeer te zeggen, zei ik in het gesprek na de test, is dat dit is hoe ik me de hel voorstel. Een kamertje in een kantoorgebouw, groot genoeg om op te staan, te klein om te lopen, een taak die gedaan moet worden maar nooit af komt en ook geen afleiding biedt. Als een tantaluskwelling, maar dan saai. Dit was de hel, ik weet het zeker. De hel, dat zijn niet de anderen. De hel is verveling. Uitzichtloze verveling. Als ik aan dierenmishandeling denk – en dat doe ik te vaak – dan denk ik aan tijgers in kooien, honden aan kettingen, stallen vol varkens en aan paarden eenzaam in een te kleine wei. Ik denk niet aan pijn, niet aan honger, niet aan kou, ik denk aan verveling. Ik heb een keer een boek weggelegd omdat er een pony in voorkwam die helemaal alleen in een kamertje stond. Bij de gedachte aan verveling wil ik alle honden, tijgers en pony's opvangen. Redden van de afstompende ellende. Soms denk ik erover een boerderij te kopen. Een kleintje. Met wat dieren, misschien wat kinderen, die dan langskomen om de geredde dieren te aaien. Maar ik heb geen boerderij. En ik kan er ook geen kopen. Ik woon in een klein appartementje op vierhoog, een Frans balkonnetje. Ik kan geen dieren redden, een varken wil helemaal niet op zo'n balkon.

Dit zei ik tegen ze. De psycholoog knikte en typte en ik moest de volgende week terugkomen voor een afspraak met een psychiater.

Ik vergat de afspraak, werd gebeld door de assistent, racete de stad door en kwam een halfuur te laat beschaamd en bezweet binnenrennen. Nog geen uur later stond ik buiten met een recept. Pillen. Want pillen werken, dat is bewezen. Therapie ook, maar dat kost zoveel tijd. En dat moet je inplannen en dan moet je op tijd komen. Schema's bijhouden en vertellen hoe je week was. En ik weet nooit hoe mijn week was. En de therapeuten zijn tegenwoordig allemaal tweeëntwintig. En uiteindelijk houdt therapie je niet aan het werk. Therapie staat niet naast je om te zorgen dat je je werk doet op dinsdagmiddag.

Pillen dus. Ik werd er moe van. Loom en langzaam. Ik sleepte me voort, maar op een opgefokte manier. Alsof er Monster Energy door mijn aderen stroomde, nee, kabbelde, ruiste. Ruisende Monster Energy en niet op een rustgevende manier.

Ik keek naar mijn scherm, dat wel, uren achter elkaar. Ik keek en keek. Ik durfde niet op te staan, niet naar de wc te gaan. Ik kreeg een droge bek, met een smaak die vooral de afwezigheid van smaak was, zoals een hete maar bewolkte dag voelt. Een T-shirt ruikt dat te vaak net niet droog is geworden. Het zaagsel van de hamsterkooi. Maar dat dan allemaal niet. Zuur, dat zou helpen. Citroenlimonade. Een zure mat. Of gewoon een glaasje water. Maar voor water moest ik opstaan en opstaan dat kon niet, want ik keek naar mijn scherm. En eten, daar moest ik al helemaal niet aan denken.

Jaap staat op, legt dertig euro op de bar – een tientje te veel –, steekt z'n hand op.

Loes!

en loopt naar buiten. Vier uur. Het schiet nog niet echt op. Er zit nu bijna niemand meer. Buurvrouw. Een ouder echtpaar dat net al niets meer wilde drinken. Mo van Brouwerij Vaas en zijn zoontje dat al drie eieren op heeft. Tafel 11. Tafel 11 moet drinken. Het zijn van die mannen. Ik ken ze niet, ik zie dat. Van die mannen. Vandaag – juist vandaag – zou ik ze willen weigeren. Vriendelijk maar resoluut willen weigeren, gewoon omdat ik zin heb. Maar ik vraag wat ze willen drinken.

Ik wil dat ene biertje van... die met die vogel, een beetje...

Die is op.

Het is een beetje blond. Het was een grapje met een vogel.

Op.

Iets met geel?

Blonde Specht.

Precies. Heb je die?

Die is op.

Dat kan niet. Ik had hem vorige week...

Op.

Ik geef ze een paar opties maar het boeit ze niet, ze luisteren niet. Ik had gewoon moeten knikken, Blonde Specht, prima. En ze dan iets anders moeten geven. Het boeit ze niet, ze luisteren niet, ze proeven niet, het maakt ze niet uit. Ze waren blij geweest. Maar ik kan moeilijk doen alsof ik een slechte barvrouw ben.

Ik raakte mijn kilo's kwijt. Mezelf kwijt. En toen kwam hij. De pillen trokken hem aan. Logisch. De pillen maakten me kleiner. Rustiger, zachter, gestructureerder. Een overzichtelijk Loesje. Een Loesje dat hij aankon.

Ik dacht dat trots van steen zou zijn, maar trots bleek van glas. Flinterdun glas. Alhoewel; ik zag ooit een talentenshow voor glasblazers. Stoere mensen met dikke schorten, die werkten met gloeiendhete ovens en stalen blaaspijpen. Ze maakten verschrikkelijk mooie werken, maar die gingen keer op keer kapot. Het viel, het brak, het barstte. Toch gingen ze door. Glas gaat niet stuk, glas verlaat zijn tijdelijke vorm.

Nee, trots is niet als glas. Trots is als een klaproos, het ziet er fleurig uit maar bij het minste geringste laat ze haar blaadjes los, vallen ze uit en is er niets anders over dan een harige steel.

Of misschien is trots als oase, van dat groene schuim waar je bloemen recht en fier omhoog in kunt steken. Schuim dat het goed doet als basis voor je kerststukje, maar dat verkruimelt zodra je het vasthoudt. Dat je met één vinger plet, verpulvert.

Het ging snel. Maar een overzichtelijke Loes was hem nog niet genoeg, hij verpulverde verder, porde in het groen:

Is dat echt jouw maat?

Hé, op deze foto ben je stukken dikker.

Ga je nog sporten deze week?

Neem je er echt nog een?

Vergeet je je medicijnen niet?

Sst. Loes. Je praat nogal hard.

Zou je dat wel doen?

Weet je dat zeker?

En ik, de grote, trotse ik, ik zei er niets van. Ik zei niets terug. Ik ging sporten die week. Drie keer. Ik nam er niet nog een. Ik praatte zachter. Ik vergat mijn medicijnen niet. Ik deed het niet. Ik bleef naast hem staan op feestjes, ging niet met nieuwe mensen in gesprek. Ik verdedigde mijn ideeën niet meer op mijn werk. Mijn kleren waren kleiner en onopvallender. Zwart, spijker, grijs, beige. Ik hield mijn mond tijdens etentjes. Ik wist het niet zeker. Ik wist niets meer zeker.

O, het maakt mij niet uit.

O, kies jij maar.

Nee, ik ben prima.

Nee, eet jij het maar op.

Collega's keken bewonderend. Ik kreeg een compliment van mijn moeder. Ik werd minder. Ik werd precies zoveel als hij aankon. Ik kromp.

Hij was geen verkeerde jongen. Hij was intelligent, gedisciplineerd, sportief en trouw. Hij had een prima baan en prima vrienden en kon meer dan prima koken. Hij was knap, zoals Hollandse mannen knap zijn, blond en lang en met een jongensachtige blik. Hij was netjes, beleefd en belezen (eigenlijk las hij vooral biografieën). Toen hij mijn moeder voor het eerst ontmoette, nam hij bloemen mee. Hij was mijn moeders ideale schoonzoon. En met hem kwam ik steeds dichter bij haar beeld van ideale dochter.

Het gaat goed met je. Hij is echt een goede invloed.

Ik was blij. Natuurlijk was ik blij. Ik zag mezelf door mijn moeders ogen en mijn trots begon heel voorzichtig te ontspruiten.

Hij zorgde voor me. Ik wist niet dat ik iemand was voor wie gezorgd moest worden, maar hij deed het. Hij kookte voor me, als hij bij mij thuis was ruimde hij op. Hij zorgde dat ik sportte, dat ik mijn moeder sprak. 's Avonds zette hij thee.

Wij gaan ook trouwen, zei hij een keer.

Hij was aan het gamen, ik had net iets gezegd over de bruiloft van mijn nichtje, ik dacht dat hij niet luisterde.

Over vijf jaar gaan wij trouwen.

Het was geen grapje, het was geen vraag, het was geen romantisch gebaar. Het was gewoon een constatering. Een mededeling misschien.

Over vijf jaar gaan wij trouwen.

Ik hield het voor mezelf. Het trouwen. Net als ik mezelf voor mezelf hield. Mijn meningen. Mijn grapjes. Mijn vragen. Mijn kennis. Mijn smaak. Mijn karakter. Mijn humeur. Mijn wensen. Mijn volle zijn. Mijn gevoel dat dit misschien niet goed was.

Tot Pasen. Zijn ouders waren in Italië en mijn broer was druk, maar we nodigden mijn ouders en zijn zus uit voor een paasbrunch in zijn huis. Ik had er zin in gehad. Had me volwassen gevoeld. De gastvrouw.

Thuis stond ik voor mijn kast en zag ik mijn groene jurk. Groen met bloemen en een laag decolleté. Het was lang mijn lievelings geweest, helemaal op dagen als deze. Het was een jurk voor feestjes, etentjes, lange avonden op het terras. Ik had hem een keer aangehad naar een huwelijk; een oude vriend trouwde op een camping. Ik had me altijd prachtig gevoeld in die jurk. Opgestoken haar, rode lippen. Ik wás altijd prachtig geweest in die jurk. Ik had hem al een jaar niet aangehad. Ik zag hem al kijken, ik zag mijn moeder al kijken. Hij was vast te groot. Ik pakte mijn spijkerbroek, een lichte blouse, deed mijn haar in een staart, een beetje mascara op mijn wimpers en fietste naar hem toe.

Zijn huis was niet groot maar wel volwassen. Als je de deuren van het balkon opendeed zat je bijna buiten. Paasbrunch in een volwassen huis, mijn moeder zou gloeien van trots. Ze zou zichzelf al zien zitten: deuren open, kopje koffie, baby'tje op schoot. En ik zag het bijna ook.

En ik had mijn jurk dan wel niet aan, maar ik had me pasig gevoeld. Paasbest. Op weg naar zijn huis fietste ik nog even langs de chique supermarkt. Paaseieren, een paasbrood, o, en mimosa's, natuurlijk mimosa's. Ik kwam bijna te laat aan, met een volle tas en een prachtbui. Hij vroeg wat ik bij me had, we hadden gister toch al boodschappen gedaan. Ik zei niets. Ik had een goed humeur, een uitstekend humeur. Hij maakte de schone keuken schoon, ruimde rommel op die er niet was. Hij perste sinaasappels.

Of zal ik toch mijn nieuwe blauwe aantrekken?

Wat?

Die nieuwe blauwe polo.

Ik vind dit prima.

Kun jij de rest persen?

Hij liep naar de slaapkamer om de blauwe polo aan te trekken en zette Bach op.

Ik kan best om drie uur gaan sporten, toch? vroeg hij, dan spreek ik af met Freek.

Ik knikte, hij zag het niet.

Mijn moeder was vroeg. Natuurlijk.

Wat een fijne buurt zeg. Zo rustig. En we konden meteen een parkeerplaats vinden, toch Peter? En wat een licht.

Hij kreeg een knuffel. Ik ook. Ze had bloemen meegenomen. Hij had een vaas en de koffie klaar.

Cappuccino voor jou toch, Trees? En Peter zwart.

Laurie – zijn zusje – was iets later en brak. Ze hield zich goed, ze lachte naar mijn moeder en om mijn stiefvader, vertelde braaf over haar coschappen en knipoogde naar mij toen mijn moeder zei dat ze mij ook altijd als arts had gezien. Alles was goed en alles was prima. En ik vond het tijd voor mimosa's. Jus d'orange, met een halfje prosecco, gewoon voor de smaak. Ik schonk er vijf in. Maar mijn moeder schudde haar hoofd:

Nee, dank je, daar krijg ik maagzuur van. En Peter moet nog rijden.

Laurie nam er een aan.

Nou, ik lust 'm wel. En ik lust er ook wel twee.

Mijn moeder zei niets, het was immers haar dochter niet, en nog zo jong en toch al bijna arts en het was Pasen bovendien.

Hij liep naar de keuken.

Heb je al het sap opgemaakt? vroeg hij.

Hij wist best dat het zo was.

De bel ging. Hij deed de deur open: Felix.

Goed je te zien, man, goed huis hoor. Nee, ik was hier nog nooit geweest. Ik ken de buurt natuurlijk wel. Hoi, ik ben Felix. Hi mam, Peter.

Felix was thuis aan het werk geweest, maar niemand beantwoordde zijn mails en telefoontjes en dus kreeg hij niets gedaan. Hij had tiramisu mee van de traiteur en ossenworst, geen idee waarom maar het voelde ontzettend paas.

Dag zus, is deze voor mij? Wat zie je er...

Hij maakte de zin niet af, pakte een mimosa aan, plofte neer, stond weer op.

Kan ik iets doen? O, alles staat al klaar. Goed, top. Wat heb je op? O, de *Matthäus-Passion*, natuurlijk. Wat een pathetisch stuk is dat toch. Weet je nog zusje, toen we weg zijn gelopen die keer in dat kerkje in Noord? Naja, traditie is traditie.

Hij keek geërgerd, hij had mijn broer weleens ontmoet en hem zelf uitgenodigd, maar het was nooit de bedoeling geweest dat hij ook echt zou komen.

Mijn broer is mijn broer. Dat heb ik zo vaak gehoord. Laat je broer maar even. Zo is-ie nou eenmaal. Daar kan-ie niets aan doen. Vies worden, kapotmaken, ruziemaken. Stampen, trappen, van de trap vallen. Driftbui na driftbui na driftbui. Zijn zin doordrijven, zijn zin krijgen. Van tafel lopen. Vooruitrennen. Uitgeput het ene been niet voor het andere kunnen zetten. Praten. Praten. Nog meer praten. Hard. Harder. Voor zijn beurt. Door iedereen heen. Druk zijn. Nog drukker zijn. Het druk hebben. Laat je broer maar even. Zo is-ie nou eenmaal. Daar kan-ie niets aan doen.

En als jij nou even rustig blijft, stil blijft, zachter praat, minder praat, niet rent, niet roept, je haar kamt, schoon blijft (die trui is nieuw), lief blijft, beleefd blijft, elegant, meisjesachtig, minder, zachter, kleiner, niet ook nog een probleem.

Zo is mijn broer nu eenmaal, daar kan hij niets aan doen. Hij kwam ermee weg. En goed ook. Hij stopte met studeren en ging werken. Hij kreeg een baan en toen een goede baan en een betere baan, hij maakte naam. Hij verdiende geld en had aanzien en mijn moeder vergat alle mislukte studies.

Ik hou van mijn broer. Ik hou van hem en ik mis hem en ik vond het erg gezellig dat hij er was. Ik ging naast hem zitten en hij begon weer over werk. Dat niemand de telefoon opnam.

Dat iedereen op Ibiza zat, of in Mexico (waarom gaat iedereen tegenwoordig eigenlijk naar Mexico?) of gewoon ergens op een Waddeneiland.

Ik kan niet werken zonder die mensen. Het is ook gewoon maandag hè. Maar nu ben ik hier. Paas met de fam. Gezellig. Fijn dat ik zo onaangekondigd kon aanschuiven. Is er wel eten genoeg? Anders hou ik me in hoor, anders hou ik me in.

Maak je geen zorgen, Felix, zei hij. Er is eten genoeg.

Er was eten genoeg. Ik had eiersalade gemaakt met yoghurt. Er was fruitsalade. Er was zalm en gerookte kip. En salade van venkel. En mijn paasbrood. Hij zette thee, met chique thee uit de theewinkel, en nog wat koffie voor mijn stiefvader.

Mag ik ook nog wat koffie?

Weet je het zeker?

En we zaten daar met de deuren open, Bach op, koffie, thee en al dat eten. Een paasfamilie, een paasbestfamilie.

Hij was een prima host, maar hij had een eindtijd en hij werd onrustig. Hij ruimde de glazen op, zette schoteltjes in de keuken.

Tijd voor een toetje! zei Felix. Ik heb tiramisu. Heb je nog bordjes of zal ik even wat afwassen? Lau, help je anders even mee?

Ik heb een afwasmachine.

Nee, joh, laat mij maar.

Ik zag zijn gezicht. Ik wist hoe laat het was (halfdrie).

Willen we wel tiramisu? Ik zit best vol, probeerde ik.

Het is hele goeie en bovendien Pasen.

Felix stond op om bordjes te wassen, hij verdween ondertussen naar de badkamer.

Ik kan ook nog wel wat drinken gebruiken, zus. Hebben jullie nog iets?

Felix wachtte niet op antwoord, Felix wacht nooit op antwoord.

Ja, dit is lekker! In zijn handen een dure fles.

Eh, die is voor gelegenheden.

Wat voor gelegenheden?

Gewoon, gelegenheden.

Pasen. De passie van Christus, dat is een gelegenheid. Familie, dat is een prima gelegenheid.

Felix schonk een glas voor me in.

Jij ook, Laurie? Mam?

Mam schudde van nee.

Peter, biertje?

Peter knikte voorzichtig. Felix keek in de koelkast.

Precies één Hertog Jan. Peter, je hebt geluk.

Hij kwam uit de badkamer, in zijn fietskleding.

Goed broekje. Wil je tiramisu?

Ik ben oké.

Doe nou niet zo ongezellig.

Ik ben oké. Ik moet weg.

Familie is belangrijk. Familie is een gelegenheid. Het is Pasen! We hebben wijn.

Ik ben goed, Felix. Ik ga nu sporten, Felix. Ik heb een afspraak. Dat vind ik belangrijk. Me aan afspraken houden. Komen opdagen als ik dat heb gezegd. Niet komen opdagen als ik gezegd heb van niet. Dus ik ga.

Hij waggelde weg. In dat strakke broekje met die ongemakkelijke schoenen.

Klikklak. Klikklak. Klikklak.

Even zei zelfs mijn broer niets. Toen pakte mijn moeder haar tas.

Nou lieverds, wij moeten ook maar eens gaan. Het was gezellig. Laurentien, leuk je te ontmoeten.

Ze gaf me een knuffel, fluisterde:

Ik hoop dat je dit niet verpest.

Felix stond daar met de fles voor gelegenheden.

Kom zus, andere zus, kom. We gaan de zon in.

Laurie pakte drie vorkjes en de tiramisu.

Op de stoep, in de zon, schonk Felix ons wijn in.

Hij is gewoon druk. Hij heeft zoveel gewerkt de laatste tijd. zei ik.

Hij is gewoon ingewikkeld, zei zijn zus.

We zaten in de zon en aten tiramisu en ik wist wel dat het waar was wat ik zei, dat hij druk was en gestrest en heel veel had gewerkt. Maar dat het vooral waar was dat hij ingewikkeld was. Dat ik hem ingewikkeld vond. En dat ik daar nog nooit bij stil had gestaan. Dat hij me het gevoel had gegeven dat ik de ingewikkelde was, en dat ik blij mocht zijn dat hij bij mij wilde zijn. Felix vroeg waarom ik mijn jurk niet aanhad.

Welke jurk?

Die ene die je zo prachtig staat.

Die groene?

Ja.

Die is te groot.

Dan moet jij dit restje maar opeten.

Dat was het. Dat was alles. En toen vroegen we of Laurie nog goeie ziekenhuisverhalen had en die had ze. De fles ging op en het voelde als een gelegenheid. Het was een gelegenheid, maar het veranderde niet alles. Nee.

Na de wijn ging ik naar boven, ruimde op, zette thee en wachtte op hem. Dat duurde lang. Hij zei niets, gaf me een kus op mijn wang en ging douchen.

Die zomer zag ik het, beetje bij beetje. Hoe hij me leeg had laten lopen, langzaam als een heliumballon. Hoe ik nog maar een stukje boven de grond hing.

Ik zag het, en ik ademde. Teug voor teug. Ik ademde weer. Ik begon heel voorzichtig, met een rood truitje, met ruches en paarse bloemen. Hij keek, fronste, en vertrok naar zijn werk. Ik skipte een sportles. Haalde chocoladebroodjes voor het ontbijt. Ik ging een werkdag naar het café en dronk een glas wijn meer. Adem in. Adem in. Ik ging in discussie met zijn beste vriend, zei dat het onzin was wat hij zei over vluchtelingen. Hij schrok, maar de beste vriend grijnsde:

Oké Loes. Kom maar op.

Ik liet mijn haar los, ik kocht een nieuwe lippenstift. Adem in. Adem in. Ik nam een middag vrij om met mijn oma een taartje te eten. Ze herkende me niet meer, maar de mokkataart wel. En het advocaatje erna. Adem in. Adem in. Ik nam een boksles. Adem in. En boks.

Na een week of vier vroeg hij wat er met me was. Was ik soms met mijn medicijnen gestopt?

Hoezo? vroeg ik.

Je bent zo warrig. Je lijkt je ritme kwijt.

Hij vroeg of ik morgenochtend nog ging hardlopen.

Ik weet het niet, zei ik.

Het zal je goeddoen.

En toen ging hij naar bed.

Het duurde nog vijf weken voor ik zelf iets zei.

Ik denk niet dat het goed met ons gaat.

Ik dacht dat hij me niet verstond, hij keek wielrennen.

Ik denk niet dat het goed met ons gaat, herhaalde ik. Harder. Ik denk niet dat het goed met ons gaat. Maar het gaat beter met mij. Alleen, het gaat nog niet goed met me. En ik denk dat we uit elkaar moeten gaan voordat het wel goed met me kan gaan.

Ik zei het heel snel. Hij stond op en ging naar bed, ik schonk mezelf een whisky in en viel in slaap op de bank. Ik was bang dat ik het de volgende ochtend nog een keer moest zeggen, maar na de koffie zei hij:

Nou, dat was het dan. Kom je volgende week je spullen halen?

Dat deed ik. Daarna heb ik hem niet meer gezien.

Maar alles was natuurlijk niet in één keer goed. Of beter. Of anders. Het lag niet aan hem, of in ieder geval niet alleen. Maar nu hij weg was, was er meer ruimte, meer lucht. Adem in. Adem in. En langzaam zwol ik steeds meer op.

Loes wil:

Haar haar niet kammen.

Haar haar niet verven.

Haar wimpers niet kleuren.

Geen skincare, proteïnebehandeling, geen antirimpelcrème, vetbevriezing.

Ze wil haar huid vol laten tekenen zonder betekenis.

Hoge hakken, ook al is ze langer.

Zonder panty, ook met witte benen.

Kort, kort, korter, nee, nog iets korter. Precies, zo kort.

Ze wil zo strak als het kan en nietsverhullend, of wijd en groot en lomp en grof. Alles ertussenin en met rode lippenstift.

Ze wil vloeken.

Ook in kleuren. En geuren.

En stinken, naar zichzelf.

Ze wil thee kunnen bestellen, zelfs verse gember, vegetarisch kunnen eten, vegan kunnen zijn.

En ook: bier kunnen hakken, spareribs van het bot. Quarterpounder, shoarma, bratwurst.

Ze wil filet mignon. Ja, alsjeblieft een filet mignon.

Ze wil drinken. Drinken, drinken, te veel drinken. Niet om de alcohol, niet om het dronken worden. Maar om als vrouw dronken te worden, dronken te zijn. Te luid. Onmogelijk. En onuitstaanbaar.

Ze wil onuitstaanbaar zijn. Schokken. Amok maken. Of misschien wel een gevecht (een klein gevecht, niets overdrevens).

Ze wil lief zijn.

Gewoon lief zijn.

De zachtheid die de mensen zo vaak nodig hebben.

Ze wil precies zo ambigu, zo authentiek, of zo iemand anders. Zo wil ze zijn.

Ik mailde Amanda van hr voor een afspraak en nog voor ik zat flapte ik het er al uit:

Ik stop.

Dat klinkt makkelijker dan het was, ze wilde me niet kwijt. Niet omdat ik zo goed was in mijn werk – op mijn beste dagen was ik heel behoorlijk, maar ik had een contract en een werknemer houden is nu eenmaal makkelijker dan er een aannemen. Ik kende het bedrijf, de klanten, de systemen, wist dat de creatief directeur niet kan nadenken voor elven. Het was Amanda's taak om dit uit mijn hoofd te praten.

Laten we dit even rustig bespreken, zei Amanda. Wil je koffie? Ik haal wel goeie.

Ik mag Amanda en dit is haar baan, maar ik had gehoopt dat ze gewoon zou knikken.

Nee, geen koffie. Ik heb al zoveel koffie op. Ik sta voor niets anders op dan koffie. Ik zit en zit en zit. En ga dan maar een nieuw kopje halen. Gewoon uit verveling. Want dat is het, snap je. Ik verveel me. In dit gebouw. Aan deze tafel. Aan mijn bureau. Ik verveel me met de lekkere koffie. Ik verveel me met:

Kom, we lunchen vandaag buiten de deur.

En de schermen, altijd de schermen. En klanten. En dat ik precies weet wat die willen. En dat ik die niet geef wat ze willen, omdat ik het er niet mee eens ben. Ik verveel me. In het stilzitten. Stil zijn. Niet te veel geluid maken. Niet te hard praten. Koptelefoon op en doen alsof ik hard werk. Alles is beige, Amanda. Alles is beige en dat is erger dan grijs. Alles is beige en daar kan geen bokszak, pingpongtafel, vrijdagmiddagborrel met karaoke of secundaire arbeidsvoorwaarde tegenop.

Ik weet niet meer of ik dat allemaal zei, maar misschien ook wel. Amanda knikte. En even dacht ik dat ze me begreep.

Maar wil je dan niet een dagje minder werken? Of moeten we praten over een promotie? Wil je iets nieuws leren? Een cursus. Wil je niet even een weekje weg? Heb je nog vakantiedagen?

Het was goedbedoeld. Ik mocht Amanda, maar meer nog dan dat was ik jaloers op haar. Op haar tevredenheid. Haar rust. Maar ook op haar ambitie, haar focus. Dit was wat ze wilde. Over vijf jaar zit ze in het mt. Ik beloofde Amanda er nog even een weekje over na te denken en ik wist dat ik dat niet zou doen.

De opening van café Morgen was druk. Ik was getransformeerd en men vond het prachtig. Het stroomde vol met mensen die hier nog nooit waren geweest. Die hier altijd voorbij waren gelopen. Die nog nooit eerder opgemerkt hadden dat hier gedronken kon worden. Ze kwamen in hordes. Alsof het bier hier uitgevonden was. Alsof het gratis was. Dit was alles waar de mensen op hadden gewacht. De meesten woonden hier pas, in de huizen hierachter, die waren opgeknapt en verkocht. Ze waren jong en knap. Ze straalden en ze hadden dorst. Ik, ja, ik was precies waar ze op hadden gewacht. Zo bleek. Ze dronken en dronken. Ze lachten en dansten. Ze klaagden niet, ze sloegen glaasjes met een zwart goedje achterover. De muziek ging harder. De muziek die hen deed denken aan de tijd dat ze jong waren. Echt jong. De bovenbuurman klaagde. Er werd meer gedronken. De bovenbuurman stampte op de vloer. Er werd op de tafel gedanst. De bovenbuurman belde de politie. Het zweet droop van het plafond. De wc stroomde over. De tweede barman kon nog niet echt tappen. De wodka ging op. En niemand, niemand die het erg vond.

Ook een paar oude gasten kwamen naar het feestje. Ze stonden een beetje verloren in de ruimte. Ze dronken een biertje, ze bestelden een vieux-cola (de mannen achter de bar wisten niet wat vieux was en schonken rum in). Ze gingen al snel weg, en ik zag ze ook niet meer terug. Ze kwamen niet voor mij. Of ik was mij niet meer. Ze vertrokken naar De Witte Knip. Het voelde alsof ze een goede vriend waren verloren, maar dat zouden ze natuurlijk nooit zo zeggen.

Het feest duurde lang. En het feest bleef komen. Vrijdag na vrijdag hetzelfde enthousiasme. Donderdag na donderdag ook nog een borrel. Er kwamen nieuwe gasten. Nieuwe vaste gasten. Nieuwe excentrieke figuren. Nieuwe veeleisende types. Nieuwe mensen die dag na dag na dag na dag nog ééntje zouden doen.

En Jasper werd een echte kroegbaas. Hij had mensen aan kunnen nemen maar stond het liefst zelf achter de bar. Hij verraste me. Met zijn enthousiasme, met zijn energie, met zijn onuitputtelijke uithoudingsvermogen. Steeds maar veranderen, steeds maar verbeteren.

Zijn neef vond het niets. Hij deed zijn best, hij probeerde het echt. Maar de lange dagen, de zeurende klanten, de denigrerende opmerkingen. Zijn vriendin begon te klagen – ze zag hem nooit. Hij kreeg last van zijn rug. Last van zijn knieën. Zag hij nou spataderen op zijn been? Hij wilde gewoon weer normale uren. Kantooruren. En 's avonds met zijn vriendin op de bank, met vrienden in de kroeg, misschien zelfs weer eens op een mooie zondag een stuk fietsen. Hij stopte ermee.

Voor Jasper kwam het niet als verrassing, maar wel slecht uit. Het café was druk, en bleef druk. En hij kon hier moeilijk elk uur van de dag zelf staan. Toen kwam Loes.

Twee maanden zat ik thuis en bekeek ik vacatures, heel veel vacatures.

Wij zoeken een creatiekoning(in) vol creativiteit.

Ben jij de aangewezen persoon om onze merkidentiteit sterk en consistent vorm te geven?

Ben jij onze projectmanager met communicatieskills?

Denk jij in concepten, kun je ideeën vangen in tekst en heb je flink wat overtuigingskracht?

Wil je die kleine ideeën groot maken, concepten aanscherpen en ons uitdagen te zien hoe het ánders kan?

Ben jij de kers op de taart? Een wizard with words?

We zoeken iemand die met woord en beeld de wereld komt helpen betoveren.

We groeien als kool, kom jij helpen oogsten?!

Nee. Dit was het niet. Nee. Dit was ik niet. Ik wachtte tot ik het wist.

Ik ging niet naar het afscheidsfeestje op mijn werk. Niet naar andere feestjes. Ik ging niet naar buiten. Ik bleef twee maanden thuis. En het was twee maanden herfst. Ik zei dat ik moe was. Gewoon heel druk was. Ik zei dat ik misschien komen zou. Maar ik kwam niet.

Ik staarde naar m'n scherm. NOS. *De Volkskrant*. Twitter. Hondenfilmpjes. Netflix. Een podcast over wolven. Werk. Ik moest werk. Ik moest werk. Ik moest werk. Het werkte niet. Ik verplaatste me van bed naar bank. De wasmachine piepte.

Facebook. Instagram. Mail. Twitter. NOS. *De Volkskrant*. Twitter. Hondenfilmpjes. Netflix, nee, geen Netflix. Twitter. Ik moest iets doen. Ik moest toch iets doen. Geen werk. Geen project. Geen deadline. Niemand die wacht. GEEN WERK.

Het waren dagen, zoveel van die dagen. Alleen maar van die dagen. Niets anders dan filmpjes kijken die verschrikkelijk beginnen en eindigen zoals het hoort; dat alles goed is gekomen. Filmpjes kijken van hoe dieren gered werden. En dan een beetje huilen over verwaarloosde pony's met nagels van een halve meter lang die geknipt worden, verhongerde pitbulls die voor het eerst op een bank mogen, een nest vol kittens en dan brokjes genoeg. En niet denken aan de rest. Nooit denken aan de rest. Niet aan honden aan kettingen. Niet aan kippen zonder snavel. Niet aan katten in hun eigen vuil. Niet aan de biggen die je ooit hoorde gillen.

Het waren dagen, zoveel van die dagen dat ik alleen de kassamedewerker van de supermarkt sprak.

Pinnen alsjeblieft.

Dank je wel.

Fijne dag.

Het was echt een goed idee geweest. Ik had echt niet kunnen blijven. Ik was meer Loes, maar ik wist even niet meer wat ik met zoveel Loes aan moest. Leef elke dag alsof het je laatste is. Leef elke dag alsof het je laatste is. Leef elke dag.

Het voelde als twee maanden. Het waren misschien wel

twee maanden. Kortom, het was september, of inmiddels al begin november. En ik voelde me verschrikkelijk. Hoe gaat het? Herfst. Hoe gaat het? Herfst. Hoe gaat het? Ik heb geen idee.

Het waren twee maanden geweest, met de gevoelslengte van minstens een jaar. Ik was in twee maanden van een succesvolle vrouw met huis, baan en relatie veranderd in een vrouw zonder iets. Behalve dat huis. Maar dan zonder bank. Die was-ie op komen halen, die was van zijn ouders geweest. Ik moest iemand gaan bellen. Maar als ik iemand zou bellen zou ik het uit moeten leggen. En ik wist nog niet of ik dat kon. Ik moest echt iemand gaan bellen. Maandag zou ik iemand bellen. Woensdag belde ik mijn vader, hij nam niet op. Donderdag belde ik Felix. Die appte:

Ik bel je zo, of is er iets?

Kunnen we vanavond even bellen? Misschien een biertje drinken?

8 haal ik wel.

Prima.

Ken je café Morgen? Ongeveer in het midden.

Morgen, ik was verbaasd, Felix koos meestal iets in zijn eigen buurt. Felix is vijf jaar ouder, maar hij kwam later naar deze stad. Toen hij hier net kwam wonen was ik zijn gids, nam hem mee naar feestjes en borrels, maar na twee stukgelopen scharrels met studiegenoten die me daarna vermeden, besloot ik dat het beter was om Felix alleen te zien. Ik kookte, soms gingen we naar een film, vaak dronken we gewoon een biertje.

Ik was eerder. Dat wist ik al, dat had ik zo uitgerekend. Als Felix een uur of acht zei, bedoelde hij op z'n vroegst kwart voor negen. Ik had alle tijd om te wennen aan de wereld. En Felix zou vragen stellen. Vragen waarop ik het antwoord wel voelde maar nog niet had geformuleerd. Ik liep naar de bar voor een biertje.

Vertel, zei de jongen achter de bar.

Ik kende hem niet. Was dit de neef? De neef die op een nacht had besloten het café te kopen? Ik koos een saison van een obscure Utrechtse brouwerij.

Goed biertje, zei de barman.

Weet ik.

Schrijf ik het op?

Graag, er komt nog iemand. Ik zit daar achterin, aan die hoge tafel.

Weet ik. Hoe heet je?

Loes.

Leuk, Loes. Mijn tante had vroeger een hond die Loes heette. Een boxer, schat van een beest, kwijlde alles onder.

Wij hadden vroeger ook een boxer. Chris. Knettergek beest. Ik mis hem nog steeds.

Dat kan je nu wel zeggen.

Felix stond achter me. Hij was vroeg. Hij is nooit vroeg.

Maar je liep altijd te zeuren als je hem uit moest laten. Het regent! Het waait! Het is koud! Het is warm! Ik moet nog huiswerk maken!

Familie? vroeg de barman.

Ik knikte.

Broer.

Wat wil de broer van Loes drinken?

IPA'tje. Of nee, wacht, doe maar een pilsje, een grote. Ik heb dorst. En heb je tosti's? Twee tosti's, gewoon met vlees hoor. Wil jij ook wat? Je mag niets van m'n tosti, ik zeg het maar alvast. Ik heb honger.

Heb je kaas? vroeg ik.

Brie, zei de barman, brie met brood.

Prima.

Ga maar zitten. Ik kom alles brengen.

Kan jij dit... Ik moet pissen als een paard.

Felix gaf me zijn jas en tas, draaide zich nog even om:

Sorry, mag ik ook wat nootjes. Ik heb echt...

Honger.

Ja, honger, nauwelijks geluncht.

Felix kwam terug van de wc en vertelde eerst een lang verhaal, over zijn collega en hoe slecht die kon vergaderen. Dat hij niet af kon ronden. Maar vandaag was Jannet er ook en die had haast.

En dus ben ik op tijd om bier te drinken met mijn zusje. Proost. We hadden al geproost, maar we proosten nog een keer.

Dus, vertel.

Ik... eh. Ik geloof dat ik ontslag heb genomen.

Je gelooft?

Oké. Ik heb ontslag genomen.

Waar? Bij... eh?

Ja.

Heb je iets nieuws?

Nee.

Ga je freelancen? Is dat slim nu? Is er genoeg werk? Ja, je hebt natuurlijk behoorlijk wat ervaring. Neem je dan wel een boekhouder? Beloof me dat je wel een boekhouder neemt.

Nee.

Hoezo nee? Zo iemand betaalt zichzelf. Echt waar, daar kun je je geen buil aan vallen.

Ik bedoel nee, ik ga niet freelancen.

Oké.

Het ging gewoon niet meer.

Wat ging er niet meer?

Ik mis... Heb jij nooit behoefte aan ruimte?

Ruimte?

Ja, op je werk, bedoel ik. En überhaupt misschien. Het is uit.

Loes. Wacht. Wat? Uit? Het is uit? Jouw idee? Of van die eikel? Ik mocht hem niet, dat weet je. Hij was niet goed...

Wil je nog iets drinken?

Nee. Ja. Wacht. Fuck, Loes. Wat is er gebeurd?

Nou, niets.

Je hebt het uitgemaakt.

Ja.

En ontslag genomen.

Ja. Nee... Ik kon gewoon niet meer... ademen, denk ik. De lucht was dik. Alles was te klein. Te klein om mezelf te zijn.

Je bent ook veel.

Jij bent meer.

Weet ik niet hoor.

Ben jij ook zo op je werk?

Ja. Denk het. Ja.

En dat vinden ze niet veel?

Misschien, maar... Nee, wacht, we hebben het niet over mij. Jezus. Zus. Je moet toch gewoon een baan hebben?

Ja. Ja. Maar misschien moet ik gewoon iets anders.

Weet mam dit al?

Nee.

En pa?

Hij nam niet op.

Sinds wanneer is dit?

September.

September. Wat de... Loes!

Drinken?

Ja.

Wat?

Gin-tonic.

Felix bleef nog twee drankjes en een zak chips. Halftwaalf was het. Ik was bijna dronken en bijna niet meer ongelukkig. Nog een drankje, nog eentje aan de bar.

Je broer heeft betaald.

Gelukkig. Ik heb geen geld. Mag ik van jou...

Ik telde de mensen aan de bar.

Zes jenever. Zeven, jij moet ook natuurlijk.

Iets te vieren?

Ik ben werkloos. Single en werkloos.

De barman lachte, schonk vijf jenever in.

Zij krijgt niet meer, zei hij met een knikje naar de vrouw aan de kop van de bar. En hij drinkt niet.

We proostten. We dronken.

Hoezo ben je werkloos?

Ik praat te hard, zei ik (te hard).

Klopt.

Jij ook al?

Zoek je een baan?

Ja. Heb je een baan?

Heb je horeca-ervaring?

Ik begon bij een pannenkoekenrestaurant in misschien wel de drukste straat van de stad. Ik was erlangs gelopen en had een briefje zien hangen. Ik durfde niet meteen naar binnen, maar een week later werd er nog steeds iemand gezocht. Ik mocht komen. De eigenaar, die ook in de keuken stond, was een Italiaan en dus verkochten we vooral pasta's. Ik liet veel vallen, en dan lachte de eigenaar me uit. Het was geen aardige man, maar ik mocht hem wel. Zijn vrouw niet, die ging over het geld. Door haar werd ik elke zaterdag aan het eind van mijn shift betaald. Vijf euro per uur, cash. En een paar euro fooi (het meeste hield ze zelf). Toen ze een halfjaar later de zaak hadden verkocht, kreeg ik een handgeschreven ontslagbrief. Ik was opgelucht.

De tweede was een toeristentent met een groot terras. Mijn eerste weekend was het Koninginnedag en prachtig weer en een week voor mijn eindexamen. Ik werkte zesentwintig uur dat weekend. Na de eerste elf vroeg ik of ik iets mocht eten, de barman antwoordde dat ik niet geschikt was voor de horeca. Toch bleef ik. De hele zomer. En de zomer erna. Ik mocht achter de bar, mocht managen, maar een eigen sleutel kreeg ik niet. Ik was te jong. En dus moest ik altijd wachten op de chef. En hij op mij. Hij mocht me niet, denk ik.

Bij mijn derde café was ik een paar keer geweest. Ik had er bitterballen gegeten met een vriend, terwijl we de fietsers telden die bijna onder de tram kwamen. Drie per portie. Het was een biercafé, in de tijd voordat elke kroeg zeven bieren op tap had, voordat elke huisvader zijn eigen brouwerij had.

Het was er klassiek, ouderwets: mannen met overhemden achter de bar, vrouwen in strakke shirts op de vloer. Dan krijgen we meer fooi, zeiden mijn nieuwe collega's. Dat klopte. De eerste twee drankjes na mijn shift waren gratis, een derde of vierde kreeg ik van de barmannen. Ik werd verliefd op een van hen, en hij op mij. We werden een team. Hij schonk jenever in de pakken appelsap achter de bar, ik liep dronken met bladen vol bier. We hadden seks op de bar, en op tafel 12. Het ging uit en hij ging weg. Er kwam een nieuwe bedrijfsleider. Hij vond me te slordig. Te chaotisch. Te eigenwijs. Twee weken later werd ik niet meer ingeroosterd. Ik vroeg hem nooit waarom.

Via een vriend van een collega kwam ik terecht bij een café naast een theater. Het team was hecht, maar de relatie met de theaterburen was ingewikkeld. Acteurs moest ik vertellen dat de laatste ronde al was geweest. Na een jaar werd het café verkocht aan de buren van het theater. De laatste avond dronken we de tap leeg, althans, we deden ons best.

De volgende plek lag buiten het centrum, een strandtent zonder strand. Ik werkte hard, maar dat was hier niet het idee. De eigenaresse zei tegen me dat ik niet zo snel moest praten, de mensen kwamen hier voor hun rust. Behalve snel praten kon bijna alles. Er werkten vrouwen met dreads en okselhaar en mannen met grote tattoos. Het was er heerlijk, maar ook een puinhoop. Met mooi weer kwam er een onophoudelijke stroom mensen die van de hele omgeving een terras maakten. Als ze weer naar huis waren vertrokken, sprongen we met z'n allen naakt in het water om af te koelen. Behalve toeristen, hippies en jonge gezinnen kwamen er veel mannen uit de loodsen op het terrein. Lassers, mannen met grote laarzen en donkere baarden. Het waren goeie jaren daar.

Toen ik wist dat het tijd was om te gaan, vertelde een oud-collega dat hij een bar ging openen. Hij zocht nog mensen. Het bier was goedkoop, de muziek hard, het was er altijd druk. Er werd gedronken en gedanst, ook achter de bar. Voor de bar stonden er rijen, de tap ging nauwelijks dicht. Als om vier uur de deur dichtging, begon het tweede feest, in de bar, of in een of ander kraakpand. In het weekend sliep ik zelden voor zevenen.

Ondertussen deed ik mijn onderzoek, haalde ik mijn laatste punten, schreef ik mijn scriptie en studeerde ik af. Tijd voor een echte baan.

Ja. Ik heb wel horeca-ervaring. En ik heb je neef ook een keer uit de brand geholpen.

O, wacht, volgens mij ken ik dit verhaal. Wanneer kun je beginnen?

Morgen. Nee. Wacht. Overmorgen.

De jongen stak zijn hand uit.

Jasper. Welkom, Loes.

Vier dagen per week. Vier dagen per week, tien uur per dag. Ik belde eindelijk mijn moeder, blij dat ik goed nieuws te vertellen had. Zo zag ze het niet. Ik kon het haar niet kwalijk nemen. Ik was een vrouw van drieëndertig met drie diploma's en zij had ze allemaal betaald. Ze stuurde vacatures door. Deed suggesties voor nieuwe studies.

Heb je ooit aan werktuigbouwkunde gedacht?

Ze gaf me telefoonnummers van vage kennissen met grote netwerken en kocht jurken voor sollicitaties. Ik had geen sollicitaties. Ik had al een baan.

Het duurde even voor ik het zo noemde. Voor ik dat zelf erkende (voor ik een contract kreeg, dat ook). Het duurde even voor ik wist dat dit goed was. Dat ik hier hoorde. Dat ik bleef. Vrienden. Oud-collega's. Zelfs Jasper had gedacht dat ik niet zou blijven.

Hier had ik geen tijd voor afleiding. Geen tijd voor twijfel, geen tijd voor beige. Geen tijd om te vergeten wat ik moest doen. Om te twijfelen aan de noodzaak. Hier stond mijn opdracht, mijn noodzaak voor mijn neus. Ongeduldige ogen. Dorstige kelen. En ik, de reddende engel die al de wensen vervulde. Hier kon ik bewegen, praten, de muziek een tandje harder zetten, mensen...

Liefje, hoe laat is het? Is het al tijd voor wijn?

Natuurlijk, ik ben jarig.

Ben jij jarig? Had je dat al verteld? Dat had je vast al verteld. Jarig. Ja, dan mag ik wel een wijntje. En het mag sowieso want ik ben volwassen en ik hoef nergens heen. Goh, jarig. Als ik dat nou geweten had, had ik iets kunnen kopen.

Buurvrouw was er laatst niet. De eerste dag viel het niet op, maar na drie dagen begonnen mensen te vragen: waar is Buurvrouw? Heeft iemand Buurvrouw gezien? Er werd gebeld – ze heeft alleen een vaste lijn – maar niet opgenomen. Er werd aangebeld – we wisten waar ze woonde, ze werd weleens thuisgebracht, als het glad was of laat, of als ze te veel gedronken had – maar niet opengedaan. Er werd navraag gedaan bij de receptie van het appartementencomplex. De dame achter de balie twijfelde, mocht het eigenlijk niet vertellen, maar zei toen toch dat ze in het ziekenhuis lag. Het ziekenhuis gaf geen kamernummer, we waren geen familie. Ze heeft geen familie, zeiden we, maar het maakte geen verschil, we moesten wachten. Vijf dagen, toen werd een van de jongens van de hoek onrustig. Hij wachtte tot het bezoekuur en ging rondlopen, gewoon rondlopen in het ziekenhuis. En hij zag haar, ze was zo klein daar in het bed. Zo oud. Er stonden geen bloemen, er hing één kaart. Er was niets ernstigs, zei ze, gewoon iets met haar nieren. Ze zou de volgende week weer komen. Ze moest voortaan wat meer water drinken.

Moet ik je ophalen?

Ik red me wel, jongen, ik red me wel.

En ze had gelijk. Ze redde zich wel. Dertien dagen na haar verdwijnen zat ze weer op haar gebruikelijke plek. De eerste dag bestelde ze een glaasje water bij haar koffie en een tonic in plaats van wijn. Maar dat vergat ze al snel. Ik zet nog steeds een glaasje water voor haar neer, maar ze drinkt het niet. Een vrouw van in de tachtig kun je niet moederlijk toespreken. Zelfs niet als barvrouw.

Ben je boos op me?

De jongen van tafel 4 probeert mijn aandacht te krijgen. Ik ken hem niet. Of naja, ik ken hem wel, hij komt hier weleens, maar ik heb hem nooit gesproken. Nooit meer dan:

Wil je nog een biertje?

Ja, graag.

Mag ik betalen?

Natuurlijk.

Dus hoe zou ik boos op hem kunnen zijn? Ik heb nooit over hem nagedacht.

Ben je boos op me?

Ik heb niet genoeg emoties over jou om boos te zijn. Ik ben aan het werk.

Ik zet nog een koffie voor mezelf. Vooral uit verveling. Maar ook omdat deze koffie zo mooi, zo sierlijk, zo gestroomd bruin is. Omdat deze machine zoveel geluid maakt. Omdat je de hendel naar beneden moet trekken, kracht moet zetten en het als werk voelt. En omdat het lekker is, ook omdat het lekker is. Ik pak een bierviltje – misschien moet ik bijvullen. Bijvullen voor de mensen komen. Om halfvijf komt de eerste groep: zzp'ers zonder zin, vroegbeginners, af en toe een docent, eentje neemt vaak haar nakijkwerk mee.

Vanaf halfzeven komt de volgende golf, de carrières, soms in pak (er is hier een bank vlakbij), vaker omgekleed. De huisalcoholisten zijn er vanaf het moment dat ze wakker worden (Piloot vaak als eerste). Na middernacht komt het horecapersoneel: behulpzaam maar luidruchtig.

De meeste vaste gasten zijn prima. Zuchtend bestellen ze een biertje, met iets ernaast als ze de eerste zijn, zonder als ze een rondje geven. Ik weet wat ze drinken, ik weet uit welk glas ze het liefst drinken.

Een fluitje, drie vaasjes, zo'n lange voor die lange (vindt-ie mooi).

Geef haar ook wat, o nee, ze drinkt niet, ja sorry, dat vergeet ik steeds, ze ziet eruit als iemand die drinkt

Hé Klaas, jij ook nog een? Hoezo, je gaat, onzin, doe Klaas er ook nog eentje, top, schrijf je het op, mop...

en dan lachen.

En wat doe jij?

Het duurt vaak even tot ze het vragen. Een paar keer kletsen. Wat gesprekjes over bier, voetbal, de verkiezingen, het weer. Een grapje, een anekdote en een paar vragen van mij over hun werk.

En wat doe jij eigenlijk?

Het is een rare vraag om aan iemand te stellen die aan het werk is, maar ik weet wat ze willen horen. Een tweede master. Een langzaam op gang komende academische carrière. Een geflopte schrijver. Een arme entrepreneur. Een opkomende bierbrouwer. Een eigenzinnige muzikant. Barvrouw is geen baan. Koken kan. Koks zijn de nieuwe profvoetballers, met mooie vrouwen, dure auto's en armen vol inkt. Kok zijn is een geaccepteerde carrière, al is het wel fijn als je eerst een master filosofie hebt afgerond. Maar in een café, achter de toog? Dat is een bijbaan, een *side hustle*. Bier tappen doe je ergens naast. In het begin vertelde ik nog weleens:

Ik had een baan, een carrière, ik had alleen zo weinig zin nog. Zo verdomde weinig motivatie. Om 's ochtends op kantoor. Om de hele dag op kantoor. Om dan 's avonds naar huis. Om eigenlijk te moeten sporten omdat je de hele dag zat, om eigenlijk geen serie te kijken omdat je de hele dag al voor schermen zat. Ik had geen zin meer.

Maar

zeiden ze dan.

Geen zin? Dat is toch geen reden. Had je echt een baan? Een contract?

Een echte

knikte ik

een vaste, anderhalf modaal, en een goed uitzicht op meer.

En nu? Wil je voor jezelf? Is dit een fase? Ga je freelancen, eigen uren, hartstikke vrij, of zelf een kroeg, mensen in dienst, niet meer uitvoerend hoeven zijn. Is dit soms een tussenjaar? Tot rust komen, nadenken, een soort sabbatical.

Nee. Nee. Nee. Nee. Nee. Nee. Nee. Nee. Nee, eigenlijk niet. Eigenlijk is dit precies de bedoeling. Deze bar. Dit overzicht. Bestelling – afrekenen – bestelling – afrekenen – grapje – lieve lach – schoonmaken – biertje – naar huis.

O. O, ja.

Knikken, zwijgen, weglopen, niet geloven, niet meer naar vragen. Zwijgen, bier bestellen.

En wat doe jij?

Ik doe dit.

Hoe bedoel je?

Ik werk hier. Zoals je ziet. Nog wat drinken?

Alleen? Ik bedoel… wat doe je ernaast?

Niet zoveel. Ik werk hier vier dagen per week, twaalf uur per dag. Als ik vrij ben slaap ik, ga ik langs bij m'n vader, boks ik, kijk ik te veel Netflix, lees ik af en toe een boek, eet ik met vrienden, ga ik alleen naar de bioscoop. Gewoon wat andere mensen doen.

Maar dat zeg ik niet, ik ben geen *spokesperson* voor barpersoneel. Ik ben aan het werk.

De meeste gasten zijn prima, respectvol, soms lief, af en toe geïnteresseerd. Jij jouw taak, zij de hunne. Niets aan de hand. Anderen zijn laatdunkend. Zij drinken bier, bijvoorbeeld hier, maar degene die het tapt is een mislukt leven. Een leven waar je je niet om hoeft te bekommeren. Ze werkt hier omdat ze te dom, lui of gewoonweg te onsuccesvol is om iets anders te doen, een echte baan te hebben, eentje waar ze nu klaar mee zou zijn, zodat ze bier kon drinken en neerbuigend kon doen tegen degene achter de bar.

Er kwam laatst een jongen binnen. Ik herkende hem. Ik wist niet meteen waarvan. Of misschien wist ik dat wel maar wilde ik het niet toegeven. Ik zei hem gedag zoals ik iedereen gedag zeg die binnenkomt. Het is mijn baan; gedag zeggen. Hij zei gedag terug, misschien omdat je dat doet als je een bar binnenkomt: gedag zeggen. Misschien omdat hij gewoon nog wist wie ik was. Dat hij nog wist dat we samen hadden gewerkt. Dat het een ingewikkeld project was, dat ik niet de makkelijkste geweest was. En ook geen geniaal werk afgeleverd had.

Hij bestelde een biertje.

Dank je wel, Loes.

Ik glimlachte. Hij ging zitten aan de bar maar keek me niet verder aan, hij speelde wat met zijn telefoon, wachtte op iemand. Hij vroeg niet wat ik hier deed. Hij vulde het vast zelf in. Dat ik was ontslagen. Dat ik mijn werk niet aankon. Dat ik dom was. Ongetalenteerd. Ongedisciplineerd. Dat ik geen andere baan kon vinden. Dat ik wel in de horeca moest werken. Alsof hij zo succesvol was, met zijn:

Dank je wel, Loes.

Er kwam een vrouw binnen. Een mooie vrouw, met glanzende steile haren, witte sneakers die nog wit waren en een lange beige jas. Stijlvol. Succesvol waarschijnlijk. Ze zoenden, vertrouwd maar met de spanning van iets nieuws. Ze hing haar jas over een kruk en ging naast hem zitten. Ik had geen zin om haar te vragen wat ze wilde drinken. Ik wilde ze negeren. Maar dat was mijn eer te na als barvrouw. Ik kan iedereen binnen een paar minuten van precies het goede drankje voorzien, dat is wat ik kan. Dat is mijn vakvrouwschap, mijn gastvrouwschap. En dus keek ik haar aan.

Vertel.

Ze zei dat ze wel een biertje wilde maar meer een wijndrinker was. Dat ze niet van zoet hield. En ook niet echt van bitter. En of ik dan een aanrader had.

Zeker, begon ik, ik heb een paar bijzondere biertjes. Ze zijn gebrouwen met wilde gist. Dat geeft iets zuurs, iets stalligs. Ik heb er eentje die is gerijpt op wijnvaten. Wacht, ik pak het er even bij.

Hij wachtte niet, hij had een ander idee voor haar. Hij zei dat ze een Vette Slons moest nemen, dat ze dat lekker zou vinden. Een Vette Slons is zoet, met een klein bittertje. Een Vette Slons is niet het biertje voor haar. Dat wist ik. Het is mijn werk om dat te weten.

Wil je die anders even proeven? probeerde ik voorzichtig.

Dat hoefde niet, ze geloofde hem wel. En ik kon het haar niet kwalijk nemen. Hij klonk ook geloofwaardig. En misschien vond ze de Vette Slons wel niet zoet. Misschien kon ze haar smaak gewoon moeilijk omschrijven. Wat weet ik nou. Ik tapte een slonsje voor haar. Ze nam een slok. Zei niets. Ze dronk het biertje en bestelde daarna een witte wijn. Het was niet erg. Niet erg dat zij mijn bier niet had gedronken. Niet erg dat ik haar niet had weten te overtuigen dat ze bier lekker kon vinden. Niet erg dat ik hem niet had weten te overtuigen dat ik een vakvrouw was. Dat ik hier niet toevallig stond.

Leuk je hier te zien, zei hij toen hij betaalde. Maak er maar tweeëntwintig van.

Ik knikte en ik lachte en ik zei dank je wel. Dank je wel. Ja. Het is leuk om me hier te zien. Het is leuk om jou hier te zien. Ik schaamde me, ik schaamde me voor mijn werk. Ik schaamde me ervoor dat ik nu barvrouw was, dat ik geen bureau meer had. Geen Keynote-presentatie. Geen maandagochtendstand-up. Geen functietitel om me achter te verschuilen. Ik serveerde. Ik kreeg fooi. Het was leuk me hier te zien.

Tracey?

Ja.

Ga je mee roken?

Ik rook niet.

In de horeca moet je roken. Als je niet rookt, zijn de dagen zo lang. Alles om je heen is werk, iedereen om je heen wil iets. Maar als je geluk hebt laten ze je even met rust wanneer je een peuk in je mond hebt. Dus ik loop naar buiten. Het begint donker te worden. En ik had niet gezien dat hij... Ik had niet gedacht dat hij... Hij had toch al boodschappen gedaan? En toch. Hij loopt langs, kijkt naar binnen, ziet mij niet, kijkt weg, kijkt nog een keer expliciet niet naar binnen, ziet dan dat ik buiten sta, dat ik hem zie. Hij staat niet stil, hij loopt verder, alsof daar zijn bestemming ligt, alsof zijn doel nooit hierbinnen is geweest. Hij zwaait naar de uitsmijter van de coffeeshop, maakt een grapje tegen iemand op straat. Hij is helemaal op zijn plek. Dit is zijn wereld.

Rick was een vaste gast. Een vaste gast die heel behoedzaam, steeds iets verder, en verder en verder ging. Hij zocht de grens van elke vrouw en liep er vervolgens heel zorgvuldig overheen. Als een koorddanser. Met zijn dochtertje op zijn arm, met zijn vriendin op het terras. Het maakte niet veel uit. Na drie waarschuwingen, en nog eens vijf, was hij eindelijk écht te ver gegaan. Jasper zei er iets van, Rick miste hem op een haar na met een kruk (die vervolgens door het raam vloog, raam kapot, kruk kapot). Ik was opgelucht. Verder kon hij niet. Nu mag hij hier niet meer komen. Nu loopt hij iedere dag langs. Nu kijkt hij iedere dag naar binnen.

Er zijn meer Ricks (een stuk of vijf hebben een Morgen-verbod) en er zijn veel meer halve Ricks, die gaan ver, maar nooit ver genoeg. Er zijn massa's gelegenheids-Ricks – vooral als er voetbal is. Als ik goed geslapen heb kan ik ze hebben. Als ik moe ben droom ik van een Morgen zonder Ricks, een leven zonder Ricks, een wereld zonder. Maar elke dag loopt hij daar weer. Een keer kijken, nog een keer kijken. Ik dwing mezelf de sigaret op te roken. Niet te kijken, rustig te blijven. Te denken dat ik hem aankan. Te denken dat er niets hoeft, maar ik hem wel aankan. Gewoon met een goed geplaatste rechterhoek.

Ik boks. Ik zeg dat ik af wil vallen. Ik zeg dat ik rust wil. Ik zeg dat ik mijn agressie kwijt moet.

Jab – cross – hoek.

Jab – cross – jab – cross.

Leverstoot.

Jab – cross – cross naar het lichaam.

Rechterhoek, leverstoot.

Linkerhoek, rechter uppercut, rechterhoek. Dubbele jab.

Ik sla me kapot. Mijn linkerschouder doet al maanden pijn. Ik word niet dun maar breed, als ik douch voel ik mijn spierballen... nee echt, ik meen dit. Ik pas in geen van mijn jasjes meer, en ook niet in die jurk met mouwen. Ik sla hard, snel, ik beweeg, combineer. HANDEN HOOG. Twintig burpees. En door. Voor een zak voel ik me sterk. BAM. Rechterhoek. BAM. Leverstoot.

Ik zwachtel mijn handen in, pols, wijsvinger, middelvinger, pink, knokkels, duim, pols. Ik trek mijn handschoenen aan. Ik ben er. Ik ben hier. Ik sla door de zak heen als het moet en ik weet het, ik weet het. Dat alleen de zak verliest. En die zelfs niet, die blijft gewoon hangen.

Ik sla op de zak. Steeds harder, steeds beter. Draai mijn heupen. Alsof ik in een smal steegje sta. Alsof ik een tijger ben. Alsof ik dans. Dubbele jab. Rechterhoek. Schouders mee. Handen hoog. HANDEN HOOG. Voeten breed. Nee, breder. Op de grond. Stevig staan. Ietsje naar voren buigen. Niet te veel. Niet zo ver. Handen hoog. Schouders bol. Gekromd als een kat. Ik sla op de zak. Steeds harder, steeds beter.

Steeds sterker. Niet dunner. Sterker. Honderd sit-ups. Nee, da's geen grapje. Honderd sit-ups.

Steeds sterker. Steeds harder.

Snel op je voeten. Niet stilstaan. Nooit stilstaan. Sneller. Sneller. Handen hoog. Heupen draaien. Denk aan het steegje. Steeds harder. Steeds beter.

Tot ik echt in het steegje stond. Het steegje dat niet een steegje was, maar een hier-voor-de-deur. Ik sloot af. Hij liep voorbij. Niets aan de hand. Rick. Gewoon Rick. Niets aan de hand. Hij komt hier zo vaak, hij was hier vandaag nog geweest. Waarom heb jij geen vriend, had hij gevraagd. Ik heb jou toch, Rick, had ik gegrapt. Niets aan de hand. Het is gewoon Rick. Je kan hem aan.

Loesje, zei hij.

Hij pakte mijn arm. Zijn greep was niet sterk, hij was dronken, ik voelde het.

Loesje, je bent er nog. Loesje met je mooie borstjes.

Een hand onder mijn shirtje. Een hand nog steeds om mijn arm. Hij was niet zo sterk, ik kon dit. Een linkerhand had ik vrij. Mijn rechterhoek is harder, maar ook met mijn linker kon ik nog steeds slaan, hard slaan. Ik sloeg niet. Ik voelde een koude hand richting mijn behabandje kruipen. Onhandig, dronken, doelbewust. Een knietje. Goed gemikt. Een knietje zou genoeg zijn. Ik deed het niet.

Er kwam een scooter onze kant op. Rick liet los. Ik deed niets. Hij liep weg.

Tot de volgende keer, Loesje.

Ik bleef staan.

Dubbele jab linker leverstoot rechter uppercut.

Niets.

Dubbele jab, cross, cross naar het lichaam.

Helemaal niets.

Rechterhoek.

Een halfjaar bleef ik weg op de boksschool. Ik zei niets tegen Jasper. Ik durfde niet. Ik had dat grapje niet moeten maken. Ik had niet zo moeten kijken. Ik had me moeten verdedigen. Er was toch ook niets gebeurd. Er was toch niet echt iets gebeurd. Hij wist het morgen vast niet meer.

Het duurde nog maanden tot hij de kruk door het raam gooide en nooit meer mocht komen. Nooit meer binnen, maar altijd dichtbij.

Ik weet nog dat ze er niet waren: de vrouwen. Het is niet dat ze eerder níét mochten komen, maar ze mochten ook niet wél. Een echte dame kwam hier niet.

Af en toe kwam er een binnen, meestal jong, altijd met een man. Giechelend, zelfbewust, bewust dat ze de enige was. De enige tussen de anderen.

Ze wist dat iedereen het zag. Dat iedereen keek. Maar ze was er. En ze dronk, sherry of rode wijn. Ze was trots, ongemakkelijk, en na twee drankjes dronken. Maar ze was er.

Langzaam werden het er meer, nog altijd met een man aan de arm. Ze dronken meer, ze rookten meer, ze waren hier, ze waren meer.

En toen: de vrouw alleen. Ze stapten binnen, met zelfvertrouwen (vals waarschijnlijk) en een boek. Ze moeten druk lijken om alleen te kunnen zijn. Vriendelijk lachen als iemand iets zegt. Vriendelijk negeren wat iemand zegt:

Wacht je op iemand?

Wil je wat drinken?

Is het interessant?

Wat kijk je boos.

Is deze stoel vrij?

Hoe heet je?

Wie ben je?

Van wie ben je?

Moet jij nog wel wat drinken?

Nee, blijf nog even. Toe, blijf nog even.

Zal ik met je mee?

Wat doe je? Wat doe je hier? Hoe durf je hier alleen te zijn? Hoe durf je alleen te zijn? Hoe durf je te zijn?

Ik dacht dat het een goede ontwikkeling was. Ik dacht dat dit verandering bracht. Dat het nooit meer hetzelfde zou zijn. Dat was waar. Voorheen werd hier geklaagd, gedronken, gezucht, gepocht, gezwegen. Nu kwam daar iets bij. Nu moest er indruk worden gemaakt. Geflirt. Gepronkt. Gepocht. Drankjes betaald. Geknepen, geknipoogd, gestaard en geaaid. Armen gewenst en ongewenst om schouders geslagen. Het was spannend, leuk, ongemakkelijk, ongewild, onveilig.

En zij, zij moet goed opletten en doen alsof alles langs haar heen gaat. Als een slapende hond op een vreemde plek, altijd een half oog open. Altijd alert. Kijkt ze niet te lang in de verkeerde ogen? Kijkt ze niet te boos, lacht ze niet te veel? Zit ze er niet te uitnodigend bij? Wat heeft ze aan? (Dit rokje kruipt op, je ziet mijn beha onder dit shirt.) Wie is er hier? Wie is er alleen? Wie kijkt er, te lang? Wie zit er aan haar tasje, aan haar drankje, aan haar?

Ja. Ze mogen er gerust zijn. Maar ik vraag me soms af waarom ze het zichzelf aandoen. Waarom ze komen, blijven komen. Al die handen. Al die ogen. Altijd.

Mijn telefoon gaat. Ik hoor hem trillen achter de bar. Mijn vader. Natuurlijk. Mijn ouders zijn een jaar of vijfentwintig uit elkaar. Toen we jong waren woonde hij nog in de buurt, daarna kocht hij een groot, slecht onderhouden huis aan de andere kant van het land. Ik zag hem een tijd nauwelijks, afspreken was ingewikkeld. Ik miste hem. Ik had altijd gedacht dat ik hem niet nodig had, dat ik genoeg aan mijn moeder had. Mijn moeder, de moeder-moeder. De überouder. Maar ik ben een kind van mijn vader, dat is duidelijk. Ik lijk op hem en ik heb onderschat hoeveel dat betekent. Ik heb zijn donkere ogen, zijn ontembare haren, maar vooral zijn verstrooide temperament.

Nu doe ik moeite, ik ben nog jong en mijn vader is niet meer te veranderen. Het helpt dat hij een nachtmens is, ik bel hem vaak als ik net klaar ben met werken. Ik zit hier alleen in de zaak, op de bar of aan de grote tafel, en hij met zijn whiskytje in zijn stoel, hond aan zijn voeten. We hebben het over het nieuws, politiek, muziek. Hij vertelt me over het dorp. Over de honden. Over het boek dat hij leest. De cd die hij heeft ontdekt in zijn eigen collectie. Over het werk in het buurthuis. Of de Poolse documentaire die hij heeft gekeken. Ik vertel mijn vader wat er misgaat, waar ik over twijfel, hoe onvolwassen ik ben.

Mijn vader maakt zich geen zorgen, mijn vader oordeelt niet, mijn vader beschouwt alleen. Hij stelt vragen, laat veel stiltes vallen. Soms vraag ik me af of hij luistert, dan komt hij er weken later op terug.

Loesje! Je bent jarig!

Klopt. Maar ik ben ook aan het werk.

Mijn vader vindt het, nog steeds, steeds meer, ingewikkeld zijn leven in te delen. Om de tuin en de honden en zijn werk bij het buurthuis en zijn bardiensten bij tennis te combineren met zijn kinderen. Maar in tegenstelling tot mijn moeder is hij weleens in Morgen geweest. De honden bij de buurman, het buurthuis een dagje zonder hem, pap pakte de trein.

Hij liet zich adviseren door zijn dochter, raakte in gesprek met Piloot, zat stralend aan de bar. Felix had tijd voor een biertje. En zelfs Jasper kwam nog even langs.

Papa Loes, die moet ik ontmoeten, daar moet ik mee proosten.

Hij bleef lang. Tot sluit en tot ná sluit. Hij sopte een paar tafeltjes en eindigde bij mij thuis op de bank.

Pap, er komen nieuwe gasten binnen. Is het goed als ik je vanavond bel?

Natuurlijk, Loesje, dat is goed.

Maar hij hangt niet op. Hij vertelt dat hij straks naar de dierenarts moet met Linda (de iets te zware rottweiler die zijn zus drie jaar geleden aan hem gaf).

Pap.

Ja, ja. Je moet werken. Denk je nog even na over een cadeautje? Ik zie je snel, goed? Kom je met Felix?

Ik app Fe morgen voor een afspraak.

Ja, ja. Dat soort dingen moeten natuurlijk gepland worden tegenwoordig.

Hij zit in Oostenrijk, Zwitserland, Luxemburg, ik weet het niet meer.

Het zal eens niet.

Ik moet gaan, pap.

Ik zie je snel. Fijne verjaardag!

De twee mannen die net binnenkwamen zijn in een hoekje gaan zitten. De ene bestelde een cola light, de andere keek teleurgesteld en bestelde een koffie. Ze zijn inmiddels vier vaasjes verder en druk in discussie, een emotionelere discussie dan ik had verwacht. Ik weet niet wat hun relatie is, maar de man van de cola light is ouder, of heeft in ieder geval meer aanzien. De koffiegast respecteert hem en zijn mening. Ze discussiëren over een deal. Ik weet niet wat voor deal, maar Cola Light weet het beter. Koffie ziet het niet goed, niet helder meer. Het moet anders, anders dan hij denkt dat het moet. Geloof Cola Light nou maar. Twee bier geleden moesten ze iets eten. Twee bier geleden was ik al klaar met ze. Ze doen niets verkeerd, maar hun gesprek neemt vanuit de hoek de zaak over. Ik heb geen probleem met discussiërende mensen – ik had laatst zelf nog een verhitte discussie met een jongen die beweerde dat Barcelona Zuid-Spanje was omdat het aan de Middellandse Zee lag – maar het is te vroeg. Te vroeg voor hen. Ze hebben geen bodem van gezellige gesprekken, grote verhalen, van tosti's en bitterballen. Je moet eerst een band creëren, met elkaar, met mij, met de ruimte, met Morgen. We hebben geen band. Daarnaast staat Cola Light zijn toon me niet aan, Koffie wil gewoon bevestigd worden, maar hij zaagt maar door. Ik weet ook niet of Cola Light per se gelijk heeft, maar dat maakt waarschijnlijk niet veel uit. Ze hebben lege glazen.

Willen jullie nog wat drinken?

Ja, zegt Koffie:

Maar iets anders.

Wel bier?

Ja, wel bier.

Waar heb je zin in? Fris? Bitter? Bloemig? Misschien kan ik je...

Doe maar gewoon nog twee fluitjes, de laatste, onderbreekt Cola Light me.

Ik knik. Ik breng ze twee fluitjes en de rekening. De laatste zijn zelden de laatste, maar deze mannen moeten eten. Of andere mensen vervelen. Koffie staat op.

Nee, nee, ik betaal. Ik sta erop.

Cola Light doet alsof hij dat ingewikkeld vindt – hij is ouder en heeft meer geld – maar hij gaf goed advies, Koffie mag blij met hem zijn en vindt ook dat hij het verdient. Koffie betaalt, geeft met een overdreven glimlach te weinig fooi. Ze lopen weg.

Doei!

Ze kijken niet om.

Vandaag kan het alle kanten op. Bijna weekend. Midden in de week. Eerste week van de lente. Hartstikke winter.

Ik word onrustig van vandaag. Onrustig van zo'n nieuw jaar. Alsof alles anders moet. Alsof ik anders moet. Meer doen, meer bereiken. De wereld veranderen, mijn leven wellicht. Ik moet gaan. Weggaan. Helemaal opnieuw beginnen. Of verder, niet verder weg, maar verdergaan, verder met wat ik ooit begon.

Ik moet iets nieuws kopen. Altijd maar iets nieuws kopen. Alsof spullen iets veranderen – nieuwe sokken, een sjaal (een extra lange, zodat ik op het terras kan zitten zonder jas), een boek (een boek mag altijd), een nieuwe kleur nagellak, nog meer soorten shampoo, een nieuwe-oude jurk (tweedehands mag altijd), een mooi kopje, een pak met stiften, een puzzelboek, een doekje voor mijn haar (voor als de shampoo toch tegenvalt). Nee. Geen spullen. Geen spullen.

Misschien moet ik actief worden. Politiek. Varkens redden. (Niet aan varkens denken. Niet aan varkens denken. Niet aan varkens denken. Niet aan een overvolle stal met krijsende... NEE.) Me ergens aan vastlijmen, helemaal aan vastlijmen. Naar Calais vertrekken, op Lesbos werken, of in Ter Apel. Kansarme kinderen. Iets doen.

IETS DOEN.

Nog een master. Of juist iets praktisch. Een cursus meubelmaken misschien. Of lassen. Ik heb altijd lasser willen worden. Ik kreeg ooit laslaarzen van mijn vader. Precies wat ik wilde, al heb ik ze nooit aan, en kan ik helemaal niet lassen.

Ik moet sporten, vijf dagen per week. Salades eten. Zelf salades maken. En hummus. Of broden. En ik moet, ik moet, ik moet...

Maar ik sta hier – de koelkastrubbers schoon te maken, de peuken van het terras te vegen.

Ook nu is het mijn dag.

Loes, heb je even tijd?
Kan ik betalen?
Mag ik nog een koffie?
Heb je die ene wijn nog?
Nee, die andere.
Weet jij of ik hier gister mijn fiets ben vergeten?
Is Jasper er niet?
Zet je het op m'n rekening?
Loes!
Heb je ook echte cola?
Mag deze kruk naar buiten?
Kunnen die tafels aan elkaar?
Heb je ook broodjes?
En bitterballen?
En een karafje water?
Ik heb al betaald. Toch?
Wat is jullie wificode?
Kan deze tafel even schoon?
Het wc-papier is op.
Heb je ook een wijnkaart?

Mag ik een espresso, met een heel klein beetje schuim.

Eh hoi, mag zij mee naar binnen? Ik moet heel nodig plassen.

Het regent al een halfuur en Roos' jas is redelijk maar niet echt waterdicht. Ze wist ook niet dat het ging regenen, het was prima weer vandaag. Maar wat vanmiddag nog lente leek veranderde juist toen zij besloot weg te gaan in een druiperige herfst. Volgens Buienradar zou het pas later gaan regenen, misschien is het inmiddels ook al later, dat weet ze eigenlijk niet precies. Haar telefoon ligt thuis.

Ze wilde even lopen, gewoon even lopen. Ze had naar iemand toe kunnen lopen. De auto kunnen pakken. Maar ze wist niet naar wie of waar. Ze wist alleen dat ze wel moest gaan, dat drie kwartier in de regen lopen huilen de beste keuze was. Huilen in de regen, ze heeft al tijden niet zoiets filmisch gedaan. Maar nu is ze koud en nat en moet ze plassen, heel nodig plassen. En heeft Kees het ook wel gehad.

Ze liepen en liepen. Niet het normale rondje; niet naar het park, niet langs de dijk. Ze liepen en liepen en liepen en toen Roos opkeek was ze zoveel minder ver dan ze dacht. Ergens hier woont een vriendinnetje van Bo, maar de meiden spelen nooit meer dus ze is er al een tijd niet geweest.

Misschien moet ze terug of toch naar iemand toe. Alleen,

wat moet ze zeggen als ze natgeregend, uitgehuild, uit het niets bij iemand aan zou komen?

En ze moet dus plassen. Ontzettend nodig plassen. Tegen haar meiden zegt ze altijd dat ze nog even naar de wc moeten voor ze weggaan. Maar ze wist niet dat ze wegging. Daar is licht en een naam die ze nog niet lezen kan. Een café. Goed. In een café is het warm, daar kun je plassen en thee bestellen en opdrogen en hoef je niets uit te leggen. Toch? Ze is al lang niet meer in een café geweest. Maar het is hier en het is niet thuis.

Ik kan het altijd zien als mensen alleen maar even naar de wc willen. Ze blijven precies op dezelfde plek staan: in het lege midden. Verlegen mompelend, knetterstoned, rechtdoorzee. Ze moeten alleen maar even naar de wc. Ze moeten nodig.

Eh hoi, mag zij mee naar binnen? Ik moet heel nodig plassen.

Natuurlijk, zij ook. Deze arme verdronken mevrouw. Haar haren nat. Haar neus rood. Ze kijkt zo triest. Ze is zo mooi, bloedmooi. En haar hond, haar enthousiast kwispelende bundeltje natte krullen.

Natuurlijk. Achter het gordijn.

Roos twijfelt. Moet ze Kees meenemen of hier laten? Ze moet te nodig plassen voor dit dilemma, laat de riem op de grond vallen en haast zich. Ze heeft bijna niet genoeg tijd om zich uit te kleden. Nee, laten we eerlijk zijn, ze heeft niet genoeg tijd om zich uit te kleden. Zodra haar blaas voelt dat de wc nabij is, is er geen beheersing over. Er ontsnapte wat. En nog een beetje terwijl ze rommelde aan het slot. En dan nog al die knoopjes. Opluchting, eindelijk. Sorry, dit is een tuttig verhaal, Roos weet het. Maar is er een grotere verrukking dan plassen als je heel nodig moet? Dan plassen zonder gestoord te worden. Dan even, heel even voor jezelf. Ze is nat. Haar haar druipt, haar neus druipt. Nog meer lichaamssap dat als vanzelf besluit haar lichaam te verlaten. Ze wil niet meer naar buiten, ze wil hier blijven. Kees afdrogen, haar haren afdrogen, een droge broek, andere sokken, thee bestellen en hier blijven. In een hoekje kruipen en een boek lezen. Maar ze heeft geen boek, geen handdoek, ze heeft geen droge sokken en ze weet ook niet precies wat voor café ze binnen is gelopen.

Voor de spiegel probeert ze de zwarte vlekken rond haar ogen weg te poetsen met een wc-papiertje, het voelt als schuurpapier op haar koude gezicht. En het lukt matig. Als ze terug de kroeg in loopt, ziet ze hoe Kees zorgvuldig wordt afgedroogd door een vrouw die op haar hurken naast haar zit. Ze heeft veel haar, heel veel haar, dat wild opgestoken is. En rode lippen. Roos denkt dat het de barvrouw is. Ze ziet eruit als een barvrouw. Eentje die precies weet wat ze wil. Ze heeft Kees' riem afgedaan en praat tegen haar alsof het een mens is. Ze vraagt of ze wat water wil en staat op om het te pakken. Kees drinkt er niet van, Kees houdt niet van kraanwater. Kees heeft haar water graag met smaak: regen, sloot, modder.

Hoe heet ze?

Kees.

Mag Kees een ei?

Een ei? Eh ja.

De barvrouw geeft Kees een gekookt ei. Kees neemt het voorzichtig in haar bek en likt eraan alsof het een kuikentje is. Roos legt haar jas neer en hoewel die nat is gaat Kees er toch op liggen. Het ei tussen haar poten.

Wil jij ook iets?

Ja. Ja, graag.

Waar heb je zin in?

Roos weet het niet. Roos is een vrouw van drieënveertig die niet weet waar ze zin in heeft. Ja, ze drinkt soms. Ze koopt wijn in de aanbieding. Ze laat zich adviseren. Mensen schenken weleens iets voor haar in. Ze drinkt weleens een gin-tonic. Maar ze weet niet wat ze wil. Of wel. Thee. Ze wil thee. Kan dat? Kun je thee bestellen in een kroeg?

Mag ik een thee? Ik heb het zo koud.

Jij mag thee. Ga lekker zitten. Hier in de hoek bij de bar is het het warmst. De koelkast blaast warme lucht.

De barvrouw zet een thee neer en Roos gaat in de hoek zitten die ze aanwees. Het is er inderdaad warm. Ze kan zich niet meer herinneren wanneer ze voor het laatst aan een bar heeft gezeten, maar dit is de plek waar ze moet zijn. De plek die haar riep toen ze thuis in een net-niet-ruzie over de laarzen van haar jongste dochter zat. En ze wist dat ze niet nog zo'n ruzie-die-geen-ruzie-was aankon. Ze wist dat ze Alec tot het uiterste ging tergen, net zo lang tot hij boos zou zijn. Dat ze tegen hem zou gaan schreeuwen tot hij emotie liet zien. Tot hij zich groot zou maken, nog groter dan hij was. Groot en gevuld met woede. Ze kon niet ontkennen dat ze hem dan aantrekkelijk vond maar het lukte zelden en het loste ook niets op. Ze zocht naar een ruzie om de kabbelende uitzichtloze alledaagsheid open te breken. Ze voelde zich opgesloten. Opgesloten in een beige burgerlijkheid. En woede lijkt een uitweg. Ze heeft visioenen van knallende ruzies, gillen tot er een bom zou ontploffen, dat ze verwensingen zou schreeuwen, met deuren slaan, met borden smijten, zich huilend – nee, jankend, met tranen die zich vermengen met snot – op het bed storten. Maar ze kan het niet. Ze denkt om de kinderen, om wat de buren zullen denken. Ze gilt niet en Alec knikt: je hebt gelijk. En dan is het weer klaar. De ruzies zijn geen onweersbui maar kleine grijze wolken in een beige lucht.

Maar vanavond, vanavond deed ze haar jas aan, riep Kees en liep naar buiten.

Loop je nou echt weg? hoorde ze achter zich. Meer verbaasd dan boos.

Ze liep door, zonder door te hebben hoe hard het was gaan regenen. Hoe koud het was. Kees was nog gaan zitten; ze wilde niet meer, ze houdt niet van regen. Maar toen Roos doorliep was ze toch meegelopen. Kees heeft wel een mening maar zet die zonder veel gemor opzij. Als ze maar mee mag.

Wat wil een hond? Een gemakkelijke vraag. Honden zijn een open boek. Wat honden willen, is maar drie letters lang. Een hond wil mee. Altijd. En waar wil de hond mee? Dáár mee. Daar waar de baas gaat.

Dat las Roos in een boek van Midas Dekkers. En Kees mag mee. Sinds ze volwassen is en niet meer tegen vreemdelingen op springt, niet meer binnen plast, geen bezittingen van anderen kapot kauwt, zich over het algemeen rustig en sociaal houdt, gaat Roos liever nergens zonder haar naartoe. Zonder Kees voelt ze zich naakt. Voordat Kees naast haar stond wist Roos niet dat ze zich zo zeker kon voelen, zo op haar plaats, zo klaar voor de wereld. Ze wist niet eens dat ze zich onzeker voelde, tot ze een hond naast zich had.

De vrouw die ze nog nooit eerder heeft gezien zit in de hoek met haar hond. De hond kijkt rond, dan naar haar baasje, zucht en laat haar hoofd vallen. Buurvrouw houdt van honden. Ze heeft ooit een hond gehad, thuis in het dorp. De hond liep met haar mee naar school en als de school uit was stond hij daar weer te wachten. Dan liepen ze samen terug. Het was niet haar hond, maar toch was hij van haar. Toen ze uit huis ging om te gaan werken in het streekziekenhuis, had ze zich druk om hem gemaakt. Wie zou er nu voor hem zorgen? De zorgen waren niet voor niets geweest. Toen ze na een paar maanden thuiskwam was-ie magerder dan ooit. En weer een paar maanden later wasie er helemaal niet meer. Weggelopen, zei haar vader. Ze vroeg niet door.

Ze voelde zich al schuldig dat ze weg was gegaan, dat ze haar zusjes achter had gelaten. Ze voelde zich schuldig dat ze was vertrokken, maar ze had de tijd van haar leven. Ver weg van haar familie, weg van het dorp, in een flatje naast het ziekenhuis. Ze woonde en werkte. Ze werkte en leerde en niemand vroeg iets anders van haar. Niemand vroeg haar ten huwelijk en niemand vroeg haar of ze al iemand had ontmoet. Of wanneer de kinderen kwamen. (Alleen haar moeder, maar ze had toch geen tijd om die te bellen.)

Haar werk was belangrijk. Zij was belangrijk. En toen kwam hij.

Het was een donderdag, en in Nederland waren de meeste mensen vergeten dat het nog oorlog was. Ruim 13.000 kilometer verderop. Een oorlog die ze geen oorlog noemden. Maar niettemin een oorlog. Zij was het ook vergeten. Tot die donderdagmiddag in november toen hij daar lag. In een bed. Het was begin van de middag, Buurvrouw was bijna klaar met haar shift geweest, ze liep nog een laatste rondje door de gang. En toen zag ze hem dus, in dat bed. Het was niet dat ze immuun was voor mooie mannen. Ze was er gewoon niet mee bezig geweest. En al helemaal niet op het werk.

Misschien kwam het door het gevoel van hoop dat rondzoemde, het zwermende optimisme van de jaren zestig. Misschien was ze aangestoken door de verliefde verhalen van haar collega, die nu alleen nog maar kon fluiten. Misschien was zijn huid bruingebrand, zijn haar netjes gekapt en waren zijn ogen bruin, maar met niets van het donker dat de oorlog bij zoveel mensen veroorzaakt had.

Hij had een wond aan zijn been. Hij maakte een grapje, dacht ze, toen hij zei dat het van een potje voetbal kwam. Zijn been was dik en rood en verschrikkelijk ontstoken. Ze vroeg wat er echt gebeurd was.

Nee, zei hij, ik meen het.

Hij vertelde hoe hij vier jaar geleden was uitgezonden naar de Oost. Vrijwillig. Zijn vrienden in het peloton keken hem met grote ogen aan toen hij naar voren stapte. Hij had er wel zin in, jong en klaar met het grijze naoorlogse Holland. Hij had veel over de Oost gehoord en het moest daar wel avontuur ademen allemaal.

Hij was op het vliegtuig gezet naar Curaçao en daar op de boot naar Nieuw-Guinea. Het was voor een jaar geweest, maar een jaar werd twee jaar, twee jaar werd vier. Voor een oorlog was er bijzonder weinig te doen. Hij had het goed. Tot – een halfjaar voor de invasie van duizenden Indonesische parachutisten – hij een gat in zijn been viel tijdens een potje voetbal. Iemand gooide er uit pure onkunde formaline overheen en dat deed vooral in combinatie met het tropische klimaat de wond weinig goeds. Hij kon niet meer werken, hij was niet meer nodig, en werd naar Nederland teruggestuurd, en ach, misschien had het ook wel lang genoeg geduurd. In Nederland aangekomen (twee dagen later, na tussenstops in Singapore en Londen) was hij naar het ziekenhuis gegaan, Buurvrouws ziekenhuis, maar niet voor hij eerst even langs een kapper was gelopen, om zich op te laten knappen. Avontuurlijk, maar ook bijzonder ijdel.

Buurvrouw was niet op zoek geweest, Buurvrouw had het zelf niet gewild. Maar zijn ogen, de grapjes, zijn lange lichaam overrompelden haar, althans, zo zou ze het later vertellen. Misschien was het vooral dat ze vierentwintig was, alleen, een vrouw. Geen kinderen, geen man. Ze wist dat deze vrijheid niet voor altijd kon zijn, ze wist dat haar baan haar niet voor altijd af zou schermen voor de vragen.

En deze man had donkere ogen, net gekapt haar, en een genezen been. Hij gaf een complimentje of twee. Hij had de wereld gezien, twee oorlogen overleefd. En zonder te veel trauma. Hij had een winkel, een huis, dicht bij haar familie. Buurvrouw was verliefd. Of hij was geschikt. Of dat was hetzelfde. En haar moeder zou blij zijn.

Ze trouwde, nam ontslag en kreeg een baby. Een kind. Daar keek niemand van op. Dat was hoe het was, daar hoefde je het verder niet over te hebben. Niet over bevallen. Niet over ouder worden. Niet over opvoeden. Niet over vragen. Niet over twijfels. Niet over maanden niet slapen. Niet over hoe haar dagen enkel in het teken stonden van haar dochter. Niet over krijsende kleuters. Kinderziektes. Niet over hormonale disbalans. Niet over alle liefde van de wereld. Niet over het gehuil, het getut, de eindeloze bergen was. Het alleen thuis zijn, geen volwassene om mee te praten. Koken was nooit een hobby van haar geweest en de was, had ze het al over de was gehad?

Buurvrouw kreeg een kind en Buurvrouw was een moeder. En dat was het. Nog een keer zwanger werd ze niet. Daar werd wel naar gevraagd maar niet over gepraat. Dat was gewoon zo. Zoals alles gewoon was. Er was een kind, een meisje. Er was taart op haar verjaardag, voor opa's en oma's, tantes en ooms en een paar buren. Er was een strenge juf op school en een goedlachs schoolhoofd. Er was lang haar met strikjes en af en toe een nieuwe jurk. Er was de winkel, het tellen van het geld, de zorgen om het geld.

Maar al met al was ze best gelukkig. Ze had iemand om voor te zorgen. Iets omhanden. Ze was weer belangrijk. De belangrijkste in het leven van dat kleine grut. Ze redde geen levens meer maar ze redderde wel een leven, het leven dat ze zelf had gemaakt. Marja, haar meisje. Haar schattige meisje. Ze hield van dieren, ze tekende, las boek na boek, ze zongen graag samen op de fiets. En Buurvrouw hield van haar, tot in de diepste kern die ze had.

Buurvrouw had zich in haar rol als moeder en vrouw geschikt en Marja werd groter en ging naar school. Buurvrouw had ineens uren en uren over in haar dag. Ze miste het ziekenhuis meer dan ooit. Ze fantaseerde steeds vaker over een leven waarin zij 's ochtends haar huis verliet om naar haar werk te gaan. Dat er op haar gewacht werd en gerekend.

Maar toen, het leek wel van de ene op de andere dag, veranderde Marja, ze staarde steeds vaker voor zich uit, haar haar werd doffer, haar ogen stonden wezenloos. Ze begon erover met haar man, hij zei dat ze zich maar niet druk moest maken, misschien waren meisjes van haar leeftijd gewoon zo, er was vast niets aan de hand. Ze wilde hem geloven, ze wilde hem heel graag geloven, maar wat wist hij nou? Hij zag Marja alleen na zijn werk, als het laat was en hij blij was met zo'n rustig kind, en op zondag als de winkel dicht was en hij het een goed idee vond als ze na de kerk stilletjes in een hoekje kroop.

Pas toen Marja stopte met eten begon ook hij zich zorgen te maken. Ze hadden haar nooit hoeven zeggen dat ze haar bord leeg moest eten. Ze at, ze hield van eten. Van bloemkool, van hamlapjes, van gekookte aardappelen, boontjes, jus. Alles vond ze lekker. Maar nu prikte ze lusteloos rond op haar bord. Hij begon erover, 's avonds.

Ze eet weinig, te weinig.

Buurvrouw knikte.

Misschien moeten we eens met dokter De Bakker gaan praten.

Buurvrouw twijfelde. Je kwam niet zomaar bij de dokter, als ze naar de dokter gingen was er iets aan de hand. Ze had veel zieke kinderen gezien, ze had veel heel zieke kinderen gezien. En als ze naar de dokter zouden gaan, dan was er iets aan de hand. Dan was Marja misschien wel een van hen.

Ze gingen. Marja was zenuwachtig, bang voor de dokter, die eruitzag als een dokter; grijze krullen, strenge ogen, een serieuze toon. Dokter De Bakker luisterde en knikte en zei dat een meisje nu eenmaal zo vaak verandert, misschien was het nu eenmaal een rustig kind. Hij zei dat hij zich niet echt zorgen maakte en dat ze het nog even aan moesten kijken. Buurvrouw zei niet dat zij zich wel zorgen maakte, niet dat ze verpleegkundige was. Het was een tijd dat je de dokter geloofde, je had geen andere keus. Ze vertrouwde de dokter. Ze moest de dokter vertrouwen. Buurvrouw ging naar huis, Marja gewoon naar school. Maar er veranderde niets: ze bleef stil, haar haar bleef dof, haar ogen stonden levenloos en nog steeds at ze nauwelijks. Ze werd dunner en dunner. Even dacht Buurvrouw dat dat de bedoeling was, maar dat was het niet, beloofde Marja haar, ze wilde wel eten, het lukte haar gewoon niet. Ze probeerde pap, ze probeerde appelmoes, rijst met boter en kaneel, vla. Niets. 's Avonds zat Buurvrouw aan haar bed en las haar voor, zoals ze had gedaan toen ze nog een klein meisje was. Ze was te moe om zelf te lezen. En iedere avond stelde ze dezelfde vragen:

Heb je pijn? Heb je ergens pijn? Waar heb je last van? Voel je iets? Voel je je anders?

Nee. Nee. Echt niet, mama.

Ze had nergens last van, ze had nergens pijn. Ze was alleen moe, zo moe. Zo moe hoort een kind niet te zijn, dacht Buurvrouw. Wist Buurvrouw. Dit kind was ziek. Haar kind was ziek. Maar ze vertrouwde de dokter, en toen ze hem niet meer vertrouwde, toen was het te laat.

Twee maanden duurde het voor ze weer in de spreekkamer van dokter De Bakker stonden. En dokter De Bakker schrok en Buurvrouw schrok, maar Marja schrok al lang niet meer. De dokter verwees haar naar de kinderarts van het ziekenhuis, Buurvrouws oude ziekenhuis. Haar man nam vrij en ging mee. De kinderarts keek zorgelijk. Hij stelde vragen aan Buurvrouw en gaf antwoorden aan haar man. Er werd bloed afgenomen, er werden testen gedaan, maar een uitslag kwam er niet. Een halfjaar leefde Marja nog. Een halfjaar doodmoe. Ze zou bijna negen zijn. Buurvrouw huilde, Buurvrouw rouwde, ze kwam dagen haar bed niet uit. En ruimde andere dagen manisch op. Kookte en bakte en kookte en bakte en staarde uren voor zich uit. Ze had haar leven als moeder lastig gevonden, eenzaam, repetitief, maar dit was zoveel erger. Ze had de dag dat ze haar man tegen het lijf was gelopen soms vervloekt, maar dit was zoveel verschrikkelijker. Ze dacht dat ze het over zichzelf had afgeroepen omdat ze over het ziekenhuis had gedroomd, omdat ze naar haar werkende leven had gesnakt. En de schuld en de rouw vormden samen een diep donker meer.

Ze probeerde te praten. Ze belde haar moeder. Ze lag bij haar schoonmoeder op de bank. Ze zeiden dat het verschrikkelijk verdrietig was, maar ook dat ze verder moest met haar leven. Misschien kon ze proberen nog een kind te krijgen. Ze ging bij haar zus op bezoek, tot die zei dat ze met haar rouwende ogen en haar ongewassen haar de kinderen bang maakte. Buurvrouw ging wandelen; ze liep en liep en liep, zo ver dat het geen wandelen meer kon heten. Het dorp keek haar na. Niemand die iets zei.

En haar man, de vader? Die probeerde er voor haar te zijn. Hij probeerde het echt. Hij probeerde te luisteren. Hij probeerde te zwijgen. Hij probeerde weg te blijven. Hij had de winkel twee dagen dichtgedaan; een voor de begrafenis, een de dag erna. Daarna moest hij door. Hij wilde het echt, samen rouwen. Maar niemand had hem ooit gezegd dat hij woorden aan pijn kon geven. Het was ze allemaal nooit geleerd. Wat ze moesten doen. Wat ze moesten zeggen. Hoe ze om moesten gaan met rouwende moeders. Of dat vaders ook konden rouwen. Niemand had een idee, en allemaal hadden ze elkaar verloren.

Buurvrouws schoonvader kwam praten, de dominee kwam praten. Ze gingen langs bij de huisarts. Maar het ging niet meer. Er was te veel leed voor een huwelijk. En dus zei hij dat het niet meer ging. En zij vertrok, een gescheiden vrouw kan niet blijven.

Het was niet zijn schuld, het was niet zijn schuld alleen. Maar wat men zag was een vrouw die vertrok, een vrouw die haar man verliet, die haar rouwende man verliet, een vrouw met schuld.

Ze kijkt op, was even vergeten waar ze was. Het café, natuurlijk. Het meisje achter de bar kijkt haar aan, heeft vast net iets gevraagd. Was ze hier net ook al? Ja. Ja toch? Ja. Ze was hier net ook al, maar ze had iets anders aan. Dat was het, ze had iets anders aan.

Had jij net niet iets anders aan? Ik vond het bloesje heel mooi.

Ik moest wennen aan Buurvrouw. En aan hoe ze alles altijd vier keer vertelt. Of vraagt. Mijn opa's en oma's waren dood voor ze oud waren, ik heb weinig ervaring met oude mensen. Ik antwoord nog een keer, knik nog een keer, reageer nog een keer empathisch, ben nog een keer geïnteresseerd. Het lukt bijna altijd, of minstens de helft van de dagen.

Ja, het stonk.

O ja. Zeg, is het al tijd voor wijn? Het is feest toch? Waarom was het ook weer feest?

Ik ben jarig.

Precies. Jij bent jarig. En ik ben al oud. En ik hoef nergens meer heen. Dus ik mag best een wijntje. Ja, die ene – hoe heet-ie? Je weet het wel toch? Die met dat rode etiket. Frans? Nee, niet Frans toch? Spaans? Jij weet dat.

Ik weet dat.

Natuurlijk weet zij dat. Haar hoef je nooit iets te vertellen, zij weet het. Zij is een barvrouw. Ze weet wat ze doet. En ze doet precies wat ze wil, althans zo lijkt het als Buurvrouw naar haar kijkt. Ze geeft advies, maakt schoon, maakt grapjes, wacht geduldig, stuurt mensen weg. Dit is haar natuurlijke leefomgeving, Buurvrouw kan zich niet voorstellen dat ze buiten deze kroeg bestaat, ze heeft haar nog nooit ergens anders gezien.

Zelf heeft ze moeten zoeken. Toen haar dochter overleed en haar huwelijk over was en ze moest verhuizen, was het leven veranderd van een overzichtelijke plattegrond in een eindeloos vergezicht zonder een punt om scherp op te stellen.

Ze had geen idee hoe het leven was voor een vrouw, voor een vrouw alleen. Ze had er geen voorbeelden van. Alleen, die ene vrouw aan het eind van de straat, die altijd bij haar moeder was blijven wonen en nu zorgde voor de schapen. Zij droeg dikke, donkere truien, groene laarzen en altijd een broek. Ze knikte vriendelijk maar zei geen woord.

Alleen: haar juf op de basisschool, over wie door de moeders werd gefluisterd. In het weekend had ze haar weleens zien lopen, met een lange jas en twee zwarte poedels.

Alleen: een van de zusters in het ziekenhuis, of eigenlijk de zuster in het ziekenhuis, die ene die haar alles had geleerd. Sommige collega's zeiden dat ze samenwoonde met een vriendin. Een speciale vriendin.

En dan was er natuurlijk haar tante Jo, de zus van haar opa, maar die was niet goed, zoals men toen zei. En als je niet goed bent, ben je dan wel een vrouw?

Buurvrouw wist zo weinig over deze vrouwen. Niet of ze tevreden waren, gelukkig zelfs misschien. Of het een keuze was, een eeuwig gemis of dat ze zich gewoon schikten in hun lot. Ze had geen idee. Maar nu was ze een van hen. Zij was het onbekende leven geworden.

Het was eng, maar het gaf ook lucht. Lucht die langzaam tussen het grimmige verdriet door glipte. Ze kon haar eigen plannen maken, haar eigen leven kiezen. Misschien moest ze een blauwe trui kopen. Schapen houden, of twee poedels.

Ze kon terug naar haar ouders, haar verlies nemen. Ze kon naar Canada, bij haar nicht en gezin intrekken, schoonmaken voor kost en inwoning en ooit een eigen huis kopen (ze had foto's gezien, de huizen waren er groot en van hout, met een veranda omringd door bomen). Ze kon daar een tante zijn voor haar achterneefjes, en misschien, ooit, een andere man.

Ze kon naar de stad. Niet de provinciestad waar ze als jonge vrouw even had gewoond en gewerkt, maar de echte stad. Ze was er een keer met de trein naartoe gereisd met haar tante en zusje. Ze herinnerde zich dat er zoveel mensen waren dat ze zichzelf voelde verdwijnen. Dat ze niet meer bestond. En dat was precies het gevoel dat ze zocht. Dus ze ging.

Ze had alles achter willen laten, maar ze had geen geld voor een geheel nieuw leven, dus pakte ze een kleine koffer en nam de trein. Haar man had haar een beetje geld meegegeven, genoeg om de eerste maanden een kleine kamer te huren, die ze vond bij een hospita die te veel geld vroeg maar geen vragen stelde. Een klein zolderkamertje met een nog kleiner raam, een eenpersoonsbed, een tafeltje en één stoel. De badkamer had geen douche en het keukentje moest ze delen met een jonge rechtenstudent die ze geregeld tegen zou komen, als hij in zijn ochtendjas koffiezette.

Ze trok er in en ging de straat op. Hier was ze niemand en voelde ze zich niemand en miste ze niemand en vroeg niemand hoe het ging. Ze voelde zich beter dan ze zich in tijden had gevoeld. Ze liep langs een kantoorboekhandel en kocht daar een agenda en twee pennen.

Thuis, in haar kamer, ging ze zitten aan het tafeltje bij het raam en bladerde door het lege boekje. Bladzijden die ze vullen kon. HET LEVEN VAN CORINE schreef ze op de eerste bladzijde. Toen bleef ze zitten. Kijken naar de lege witte pagina's. Kijken naar de ruimte. Kijken naar de mogelijkheden.

Ze kreeg een baan. En een nieuwe kamer in de zusterflat naast het ziekenhuis. Een flat vol met jonge meiden, Buurvrouw was jaren ouder.

En werd veel gewerkt en veel gekaart, er slopen mannen door de gang, ze dronken wijn en bessenjenever op de bedden. Ze was omringd door jonge vrouwen, jonge vrouwen met dromen en hoop. Ze proostten:

Op snel en ooit en misschien wel met hem!

Zij luisterde, ze gaf advies. Ze vroegen haar niet en zij vertelde niet. Ze werkte. En ze werkte nog meer. Ze kreeg promotie, werd hoofdzuster. Vertrok uit het zusterhuis naar een eigen appartementje vlak bij het ziekenhuis.

Ze ging nog weleens langs bij de meiden in de flat, maar

nu ze hun baas was hoorde ze er niet meer bij. Het was prima, ze was druk. Maar hoe druk ze ook was, hoe goed ze ook haar nieuwe leven leidde, Marja was er altijd.

Ze werd overgeplaatst naar de kinderafdeling. Ze spendeerde haar dagen tussen zieke kinderen. Zieke kinderen om voor te zorgen. Zieke kinderen onder haar verantwoordelijkheid. Maar met ouders. Ouders met zorgen, vragen en hoop. Ouders met verdriet, rouw, woede. En altijd – wachtend op een uitslag, ijsberend door de gangen, wakend naast een bed – de vraag die niet te vermijden was, de vraag of ze moeder was. De vraag waar geen antwoord op was. Geen nee, want ze wist precies hoe deze ouders zich voelden. Maar ook geen ja, want er was geen kind.

En dus ging ze weg. Begon ze aan een nieuwe opleiding, in de psychiatrie. Daar waren geen vragen, voor gekken mag iedereen zorgen. Daar is iedereen welkom die komen wil. En zij kwam. En bleef. Ze was goed, niet zo goed als ze met kinderen was geweest, maar goed genoeg. Ze bleef. Tot ze te oud was. Tot ze weg moest.

En haar ex-man? Ze had hem een kaartje geschreven met haar adres. Het eerste jaar schreef hij nog weleens een brief. Op papier kon hij praten. Hij schreef over de stilte, over het gemis, over de winkel (die draaide beter dan ooit dankzij het koopzuchtige medelijden van de dorpsbewoners). Over zijn familie, de buren, en het zwanenpaar was weer terug. Het troostte haar om ze te lezen, maar terugschrijven kon ze niet. Na een jaar of wat stopten de brieven. Hij hertrouwde, met een meisje uit de buurt. Jong en mollig, met lange blonde haren. Hij kreeg drie kinderen, drie zoons met haar.

Tracey kijkt naar me, ze zucht. Ik weet dat ze wil dat ik vraag wat er is. Iedereen wil graag vertellen wat er is. Ik hoef het alleen maar te vragen.

Hoe is het?

Hoe gaat het nu?

Wat is er mis?

Of gewoon een simpel: En?

De klanten zuchten:

Ik leef nog.

Ach ja. Ik mag niet klagen.

Het gaat.

Wat is er? Is het het bord? Moet ik het weggooien? Als je er ongemakkelijk van wordt, gooi ik het weg hoor.

O, nee. Nee, ik was het bord eigenlijk al bijna vergeten.

Wil je nog een biertje.

O, absoluut.

Ik geef Tracey haar biertje en vraag nog een keer naar haar date, maar zie vanuit mijn ooghoek een gast knippen met zijn vingers.

Mevrouw?

Hmm?

Mag ik nog iets drinken, of is het liefdesleven van uw klanten belangrijker?

De gasten die te ongeduldig zijn en met hun vingers knippen nog voor ze de kaart hebben bekeken.

De gasten die de kaart niet bekijken en zomaar iets bestellen.

De gasten die de kaart wel bekijken en iets wat er niet op staat bestellen.

De gasten die chagrijnig worden als de kaart verandert.

De gasten die zo vaak komen dat ze het gevoel hebben dat ze inspraak hebben, over de kaart, het assortiment, de inrichting, de muziek, het personeel, de sluitingstijd.

De gasten die de eigenaar kennen.

De gasten die zeggen dat ze de eigenaar kennen.

De moeder van de eigenaar.

Vrienden.

Oud-collega's.

De gasten die alleen maar oog voor hun kinderen hebben.

De gasten die geen oog voor hun kinderen hebben en het personeel zien als gratis oppas.

Gasten die de hele tijd van tafel veranderen.

Gasten die denken het beter te weten.

Gasten die het beter weten.
Gasten die zeggen
de klant is koning.
Gasten die geen fooi geven.
Gasten die overdreven veel fooi geven.
Gasten die nooit iets aan jou vragen.
Gasten die maar blijven vragen.
Gasten die je moet blijven vermaken.
Gasten die tegen je praten alsof je hun vriend bent.
Gasten die tegen je praten alsof je hun therapeut bent.
Gasten die tegen je praten alsof je gek bent.
Gasten die je na vier maanden nog steeds niet herkennen.
Gasten die je bestaan niet erkennen.
Gasten die te veel drinken.
Gasten die te weinig drinken.
Gasten die te langzaam drinken.
Gasten die te snel drinken.

Gasten die vinden dat ze nog wat mogen drinken na de laatste ronde.

Gasten die vinden dat er geen laatste ronde mag zijn als ze nog niet dronken zijn.

Gasten die knikken als je zegt dat het de laatste ronde is, maar hun gesprekken vervolgens belangrijker vinden.

Gasten die vinden dat ze belangrijk zijn.

Gasten die vinden dat de hopplanten belangrijker zijn dan de gasten.

Heb je de hop al water gegeven?

Ik tap een fluitje water en schenk een half glas bij elke hop. Piloot knikt.

Dat bier beter en langer houdbaarder wordt van hop, daar kwam Hildegard van Bingen achter. Een vrouw, ja. Een schrijfster, botanicus, arts, predikant en componist. Ze vond hop een handig ingrediënt, maar niet geschikt voor mannen. Ze werden er zo zwaarmoedig van. En het was erg slecht voor het libido.

Zonder vrouwen was er geen bier. De eerste brouwers waren vrouwen. In het prehistorische Mesopotamië was er een godin van het bier: Ninkasi. Er is een hymne aan Ninkasi gewijd die eigenlijk een recept voor bier was. In het oude Egypte was de godin Hathor de uitvinder van het bierbrouwen en haar tempel stond bekend als de tempel van dronkenschap. En ook de Zoeloe-vruchtbaarheidsgodin Mbaba Mwana Waresa en de vrouwelijke godheid Yasigi uit Mali hebben het bier uitgevonden.

Loes?

Wacht even. Ik zit midden in een verhaal.

De vrouwen in Burkina Faso maken al zo'n vijfenhalfduizend jaar bier. En ook in Tanzania is bierbrouwen een vrouwending. Kijk, ik heb natuurlijk niets te bewijzen, maar in het oude Wari-rijk (in wat nu Peru is) brouwde de vrouwelijke elite al rond 600 voor Christus. En in Finland, precies.

Weet je dat zelfs de heks, je weet wel, de sprookjesheks zoals wij die kennen van Halloween en zo, punthoed, bezem, kat en ketel, dat die heks waarschijnlijk een bierbrouwer in middeleeuws Europa was? De punthoed droeg ze zodat mensen haar snel konden vinden op de markt, met de bezem hield ze de brouwerij schoon, de kat jaagde op muizen in het graan. En het heksendrankje in de ketel, dat was gewoon een kruidige *ale*.

De vrouwen waren goed, ik vermoed de beste, en toen de heksenjachten opkwamen zagen de jaloerse mannelijke brouwers een kans om hun concurrentie te verminderen. Ze beschuldigden de vrouwelijke brouwers van hekserij. Net zo lang tot het brouwen voor een vrouw te gevaarlijk was.

Loes! Hup, een biertje. En snel graag.

Jaja. Rustig aan, Piloot.

Ze noemen haar dus Piloot hier. Ze weet niet meer hoe dat zo gekomen is. Maar ze geniet ervan.

Piloot, wat mag het zijn?

Haal jij een rondje, zet maar op naam van Piloot.

Mag ik m'n rekening betalen, hij staat op Piloot.

En hoe meer ze het hoort, hoe meer ze hier komt, hoe meer ze Piloot is. Hoe minder de eenzame, al lang niet meer middelbare, versleten administratief medewerker. Hoe minder Jeltje. En hoe meer de Piloot die ze ooit, heel even, was. Toen ze jong was en op avontuur ging. Toen ze nog niets hoefde te verzinnen om interessant te zijn. Nog geen herinneringen van vroeger hoefde te recyclen om de kleurplaat die ze is geworden in te vullen.

Ze komt hier graag. Te veel waarschijnlijk. Soms blijft ze even een weekje weg. Dan telt ze in haar hoofd de dagen. Ze is weleens een andere kroeg binnengestapt. Maar dat was het niet.

Ze vinden haar gek hier. Een oude gek. Een eenzame alcoholist. Dat weet ze wel. Maar ze hoort hier.

Daar heb je Piloot weer.

Daar heb je altijd Piloot weer. Met haar laarzen en haar zwarte haren, haar skibroek en haar plastic Jumbo-tas.

Daar heb je Piloot weer.

Wist je dat ze geen piloot is? Geen piloot was?

Wist je dat ze bij de politie zat? Een detective was?

Wist je dat ze ooit danste?

Een man was?

Een vrouw had?

Ze was een groot schrijver. De roadie van Doe Maar. Commissaris van de Koningin.

Ze vinden haar gek hier. Maar dat maakt niet uit, ze vinden haar overal gek. Ze praat te hard. Te zacht. Te veel tegen zichzelf. Of tegen mensen die er niet op zitten te wachten. Als ze niet willen praten moeten ze lekker op hun eigen bank blijven zitten. Gewoon in hun eentje voor zich uit staren. In een hutje op de hei gaan wonen en daar lekker op de bank blijven zitten. Gewoon hun deur niet uit komen als ze zo'n last van haar hebben. Want ze is hier. Ze praat hier. Ze komt hier. Ze blijft hier. Het is hier van haar. Net zo goed van haar.

Ze noemen haar dus Piloot hier. O ja, dat zei ze al. En Loes? Loes moet andere muziek opzetten. Ze vindt deze vervelend.

Ik zet een biertje voor Piloot neer.

Zet je het op Piloot?

Ik knik. Tracey kijkt Piloot onderzoekend aan. Kennen ze elkaar niet?

Bent u echt een piloot?

Hoe bedoel je?

Bent u echt een piloot?

Maakt het iets uit?

Hoe bedoelt u?

Wat staat er op mijn rekening, Loes?

Piloot.

Dat bedoel ik.

Ik ben gewoon benieuwd. Ik wilde vroeger altijd vliegen. Had nooit autootjes, alleen maar speelgoedvliegtuigen.

Maar?

Slechte ogen.

Ach ja, we kunnen niet allemaal piloot zijn.

Maar u... u wel.

Nou, nu in ieder geval niet meer.

Maar?

Nou?

Kunt u vliegen?

Ja.

Wow, mijn vader nam me soms op zondag mee, vliegtuigen kijken. Ik kan een Airbus A380, Boeing 747-300, Boeing 777-300, MD-11, Fokker 70, en een Airbus A320 herkennen.

Hartstikke knap. Ik vloog alleen een Cessna 172. Af en toe een 171. Een 402b ging ook wel. Als je me er nu een geeft, vlieg ik er zo mee weg. Maar ja, kom hier maar eens om een Cessna.

Zo'n 172 is klein, toch?

Heel klein. Officieel vier, maar we hebben er weleens zes man in gepropt.

Waar vloog je dan?

Het is een lang verhaal, ik denk niet dat je het wilt horen.

Ik hou niet van lange verhalen en al helemaal niet van lange verhalen die je niet wilt horen. Die zijn vaak niet alleen lang maar ook langdradig, vol vertakkingen en afslagen, kronkels en haarspeldbochten. Vol namen die me niets zeggen, plaatsen die me niets zeggen, in plaatsen die me niets zeggen. Het was een vriend van de familie of eigenlijk de buurjongen van mijn tante Eva. Het was twaalf jaar geleden. Het was vorige week dinsdag. Het was ver weg. Een halve wereld ver weg.

Kijk, begint Piloot.

Natuurlijk. De allerslechtste verhalen beginnen met kijk. Mensen die

Kijk

zeggen vertellen daarna zelden een beeldend verhaal. Ik luister niet meer. Misschien is dit een goed idee om de koelkast bij te vullen. Maar Tracey is gebiologeerd.

Het was in Afrika.

Afrika?

Ja. Je hebt gelijk. Afrika is geen land. Ik woonde jaren in Nairobi, dus dat hoef je mij niet te vertellen. Daar steeg ik op. We vlogen naar Ethiopië, Somalië, ook nog weleens naar Oeganda of Tanzania. Maar ik was niet echt piloot. Ze leerden me vliegen voor een soort weddenschap, ik moest bewijzen dat vrouwen konden vliegen.

En?

Ja, prima, ik ben geen cavia.

Wat deed u daar?

Waar?

Kenia.

Zieken genezen. Uitgehongerde kindjes redden. Putten graven. Scholen bouwen. De wereld redden. Je kent het wel.

Gelukt?

Wat?

Hebt u de wereld gered?

Nog in Somalië geweest de laatste tijd?

Nee.

Nou, niet echt. Een beetje verslechterd misschien. Weet je, het was spannend. Anders. Het was geen Heerhugowaard. En geen Amsterdam. Ik studeerde antropologie. Vooral om mijn vader te pesten. Misschien had ik naar hem moeten luisteren. Amsterdam was net zo erg als Heerhugowaard. Verstikkend. Je mocht geen beha dragen en geen hakken en sowieso alleen maar tweedehands. Men zat op volksdansen. At linzen. En je moest op vrouwen vallen. Van mij mag je neuken wie je wilt. Maar ik dan ook. Ik val niet op vrouwen. Echt, ik val niet op vrouwen. En natuurlijk heb ik het geprobeerd, niets voor mij. Alles was politiek. Wat je at. Wat je droeg. Wie je neukte. Maar dat ik mannen neukte betekende niet dat ik meteen sympathieën voor Janmaat had. In Heerhugowaard was links zijn tenminste een keuze, met ouders als die van mij zelfs een rebelse keuze. Maar in het Amsterdam waar ik woonde was geen keuze meer.

Kortom, het was verstikkend en ik was er klaar mee. Ik wilde vrij zijn. Ik moest weg. En toen zag ik die vacature in de krant. Ik typte een brief, ging op gesprek en ik had de baan. Ik wist niets, ik kon niets, maar ik wilde weg en ik wilde werken, dus ik mocht naar Kenia. En snel ook: drie weken had ik om mijn tas te pakken. Ik ging naar het Tropeninstituut voor vaccinaties en malariapillen. Ik ging bij mijn ouders eten, nog even langs mijn oma, de kroeg in met studiegenootjes, zegde mijn kamer op en toen moest ik al op het vliegveld zijn. De eerste keer naar Afrika. De eerste keer op reis. De eerste keer in een vliegtuig. Ik was zenuwachtig, echt heel zenuwachtig. Dronk veel te veel wijn, rookte aan één stuk door sigaretten en kotste m'n hele maaginhoud eruit. Ik zat naast een Engelsman – *born and raised* in Kenia. Hij kletste de hele reis. Vond het wel leuk, zo'n groentje. Of hij vond me gewoon mooi. Ik was ook mooi in die tijd, dus dat zou goed kunnen. Hij hielp me toen ik aankwam, loodste me door de douane, vond een taxi.

En toen was ik er. Nairobi. En Nairobi was precies wat het moest zijn. Anders. Zo ongelooflijk anders. Met heuvels en bloemen en altijd mensen op straat. Een half miljoen mensen ongeveer, ontzettend gegroeid na de onafhankelijkheid. Natuurlijk, je kon 's nachts niet overal alleen over straat, maar de taxi's kostten niets. Er was zoveel aan de hand. Zoveel te doen ook. En ik deed het allemaal.

Het was fantastisch. Het werk was spannend, avontuurlijk. Ik deed dingen die ik niet kon; ik was verpleegkundige, hielp bij bevallingen, gaf kinderen les. Ik pakte medicijnen in, hield de administratie bij, maakte planningen en budgetten en had vooral geen idee. Ik was jong. Ik deed gewoon. Ik reed in jeeps, over wegen die geen wegen waren. Ik vloog. Verslavend was het. Het was pure adrenaline. We deden niet per se het goede. Of misschien dacht ik toen van wel. Maar ik heb me gewoon vooral heel erg vermaakt. Mooie mannen ook. Mijn god. Mooie mannen.

Ze vertelt niet dat het Afrikaverhaal maar anderhalf jaar duurde. Dat vertelt ze nooit. Niet dat de organisatie failliet ging omdat er geen management was. Omdat ze incompetente jonge mensen aannamen. Omdat niemand wist wat-ie deed. Ze draagt de naam Piloot met trots, maar vertelt nooit dat ze maar drie keer heeft gevlogen. Ze vertelt over Nairobi in de jaren zeventig, alsof ze een reisgids is. Over waar je moet dansen en waar de beste bandjes zijn. In welke cafés je het best bier drinkt. En in welke hotels je moet zijn voor gin-tonic. Ze vertelt over de paardenraces, waar ze zich met een hoed op haar hoofd en een Pimm's in haar hand in Engeland waande. Ze vertelt over de bossen, de savannes, over het wildebeest, de giraffes, de zebra's, nijlpaarden en krokodillen. Over hoe goed de curry's en hoe mooi de mannen.

Ze heeft een anderhalf jaar aan verhalen, daar moet ze het mee doen. Ze is een reisgids van Kenia. Een reisgids van heel Oost-Afrika. Maar ze is er al veertig jaar niet geweest.

En ze wil wel terug, natuurlijk wil ze wel terug. Maar het is vast zo anders. Zo anders dan toen. Ze zou de stad niet herkennen, ze zou verdwalen, op zoek naar dat ene terras, haar lievelingsterras, waar een oude schildpad tussen de tafels dwaalde. Alles is vast anders. En zij een oude vrouw, een buitenlander die er niets te zoeken heeft. Ze zou door de mand vallen.

Mist u het niet?

Ach, nauwelijks. Misschien ga ik weleens terug, als ik met

pensioen ben. Ga ik op safari. Zebra's kijken. Misschien kan ik wel een mooie zwarte jongen overhalen om met me mee naar huis te komen. Me een beetje gezelschap te houden. Hij z'n paspoort. Ik iets leuks om naar te kijken.

Dat is toch misbruik?

Piloot antwoordt niet.

Pimm's, zegt ze.

Wat?

Een Pimm's. Daar heb ik zin in.

Wat zit daarin?

Geen idee. Iets met fruit.

Dat heb ik niet.

Hoezo niet?

We hebben het niet.

Maar ik wil het.

Wil jij nog iets drinken?

Roos had het kunnen weten, weer die vraag. Haar thee is op. En ze weet best dat het haar taak is als gast, zitten en bestellen. Maar ze wist niet dat ze hier zou komen vanavond, dus ze heeft zich niet voor kunnen bereiden. En nu moet ze onder druk een beslissing nemen. Goed, dat moet te doen zijn. Eerst maar eens de omstandigheden bekijken: het is een donderdag. Ze zit in de kroeg. Ze heeft haar thee op. Ze is droog en opgewarmd. Ze is alleen. Ze is alleen in een kroeg op donderdagavond en wat wil ze drinken?

Als je Roos daar zag zitten dan zou je denken dat ze een rode wijn wilde. Ze denkt dat zij het soort vrouw is dat rode wijn drinkt op een regenachtige avond in maart en witte wijn op een terras in de zomer. Af en toe een gin-tonic dus en op vakantie een Aperol Spritz. Ze weet dat ze dat is, omdat dat is wat ze drinkt. Ze drinkt dat omdat de anderen dat drinken. Maar ze wil geen wijn. En dus heeft ze de barvrouw nog geen antwoord gegeven.

Wat vind je lekker? vraagt die nu.

Ze weet het niet, ze weet het niet meer. Ze weet alleen dat

ze het soort vrouw is dat nu rode wijn zou drinken. Misschien zelfs het soort vrouw dat zou weten wat voor soort rode wijn ze wilde drinken:

Heb je ook grenache?

Maar die vrouw is ze niet.

En ze weet niet meer wat voor vrouw ze dan wel is. Eerst dacht ze dat ze alleen wat energie kwijt was, dat ze wat grijze haren had gekregen, dat de kinderen haar spontaniteit, haar interesse voor de wereld hadden opgelost. Maar het is meer. Ze kan ook haar minder leuke kanten niet meer vinden: het egocentrisme, ongeduld, cynisme. Ze deed laatst een persoonlijkheidstest en ze wist de antwoorden niet meer. En ze vroeg zich af: wanneer ben je wat je doet? Wanneer wordt je echte zelf overschreven door het zelf dat je de hele tijd bezig bent te zijn?

Ze is nu iemand die zich druk maakt. Heel erg druk maakt. Om hapjes en slaapjes en tandjes en stapjes en krampjes. Om eten en niet eten of alleen spaghetti met rode saus. Om schermtijd en sociale media en wanneer mogen ze een telefoon. Om opa en om andere opa en wat wordt mama toch oud. Om taalontwikkeling en motorische ontwikkeling en dat de kleinste ineens kinderen bijt. Om dyslexie en dyscalculie en misschien heeft ze wel autisme of misschien is ze hoogbegaafd. Over genoeg opvang en te veel opvang en hoeveel sport is te veel sport? En hoeveel aanmoediging is te veel druk? Om scholen en cijfers en cijfers van scholen. Om vrienden en vriendjes en sekspositiviteit. Dat ze van hun lichaam moeten houden, hoe het er ook uitziet. Maar hoe moet ze dan zorgen dat ze gezond eten?

Ze maakt zich zorgen. Om Alec. Om zijn gezondheid en zijn carrière en telefoongebruik en heeft hij nog wel genoeg vrienden? En haar relatie met Alec en of die wel is wat het moet zijn. Of het genoeg is en wat genoeg anders is.

Ze maakt zich gek genoeg weinig zorgen om Kees.

Maar ze maakt zich zorgen. En boven op alle zorgen maakt ze zich nu ook zorgen over die zorgen, dat zij nu iemand is die zich zorgen maakt.

Het wordt beter, zeggen ze. De hele tijd. Het wordt beter, echt, straks. Het wordt beter, rustiger, minder, zelfstandiger. En dan heb jij meer tijd voor jezelf. Dan kun je weer op adem komen. Dan kun je weer even stilstaan. Alleen of bij elkaar. Dat zal best, het zal best minder worden. Maar ze maakt zich druk om wat er dan nog over is. Of zij nog iemand is behalve moeder. Nog iemand behalve zorgen.

Ze waren laatst een paar dagen met zijn vieren weg: Alec en de meiden. Alecs zus had een huisje gehuurd. Toen ze het voorstelde had Roos gezucht en dat had Alec gezien.

Wil je misschien liever thuisblijven? Lekker een paar dagen alleen? had hij gevraagd, zijn zus zou het ook wel begrijpen.

Vier dagen alleen. Dat klonk… mythisch bijna. Vier dagen uitslapen. Koffiedrinken op het terras met een boek. Vier dagen rustig de stad in voor nieuwe kleren. Een pedicure, een manicure, een massage, een kappersafspraak, misschien de mondhygiënist, gewoon voor haarzelf. Mondhygiënist? Daar ging het al verkeerd. Vier dagen overdag naar de film, naar moderne dans. Vier dagen precies eten wat ze zelf wilde. Vier dagen muziek draaien, uitgebreid koken, misschien wel naar een feestje. Vier dagen in de tuin rommelen, in huis rommelen en een lange wandeling in het park. O nee, ze namen Kees mee. Ze namen Kees mee. En ze kende de feestjes niet meer, ze wist niet welke muziek ze wilde draaien, niet meer wat ze lekker vond om te koken, ze kende geen films, geen moderne dans. Ze wist niet wie ze moest bellen om mee bij te kletsen. Ze bestelde een cappuccino op het verkeerde terras en het boek dat ze mee had vond ze maar niets.

Ze ruimde haar klerenkast op en die van de meiden. Ze kocht drie kinderboeken bij een tweedehandswinkel. Ze belde haar moeder en douchte veel te lang. Ze at pizza, ging vroeg slapen. Het was een prima dag. Echt een prima dag. Maar ze wist niet of het háár dag was. Nog drie dagen te gaan.

Wat vind je lekker?

Ik weet het niet meer. Ik zit nooit in de kroeg.

Nu wel.

Ja. Ja. Ja.

Hoe heet je?

Roos.

Zal ik je gewoon met rust laten, Roos?

Ja. Nee. Nee, ik hoef niets te drinken. Dank je wel. Ik wil gewoon even zitten. Niet thuis zijn. Me geen zorgen maken. Even zitten en even geen moeder zijn. Meer dan alleen moeder zijn. Snap je dat?

Dat is raar, dat ze dat vraagt. Toch? Ja, dat is raar, ze is hier voor het eerst. Ze kent haar niet. Deze barvrouw weet helemaal niet dat ze moeder is. Ze had deze barvrouw alles kunnen wijsmaken. Dat ze buitenlandcorrespondent is, net terug uit Zuidoost-Azië. Ze had graag buitenlandcorrespondent willen zijn. Of ze had iemand willen zijn die buitenlandcorrespondent had willen zijn. Ze kijkt om zich heen. Kees ligt niet meer op haar natte jas maar op het kleedje dat de barvrouw haar gaf. Ze heeft haar ogen dicht maar ze is nog wakker, heeft zich nog niet opgekruld. Ze twijfelt nog. Ze heeft gesnuffeld aan het bakje water en aan de barvrouw. Nu houdt ze de rest van het café in de gaten.

Het is geen grote ruimte; een tafel of tien, een bar met veel kranen, een krijtbord met een lange lijst biertjes achter de bar. Banken langs de ramen. Oude schemerlampen. Een stapel bakken. Een sjoelbak, zouden ze sjoeltoernooien houden zoals vroeger op zeilkamp?

Het is niet druk. Roos weet niet of dat normaal is. Misschien moet ze toch iets te drinken bestellen. Als ze wist wat ze wilde. Als ze gewoon eens wist wat ze wilde.

BAM. Ik word gek van dat bord, maar ik durf er niet nog een keer over te beginnen.

Is dat bord van jou?

Buurvrouw wel blijkbaar.

Ja.

Wat staat erop?

Ik denk niet dat ze dat... probeer ik.

Het is oké. WE ARE THE WOMEN.

Waar is het voor?

Het is Internationale Vrouwendag.

En Loes' verjaardag.

En Loes' verjaardag.

Heb je daar iets mee?

Loes wil het niet vieren.

Die Vrouwendag.

Ik heb er nooit zo over nagedacht, weet u. Ik heb er nooit zo over nagedacht. Ik kende de dag en ik zag de dag steeds groter worden. Ik heb vrienden die het vieren – of hoe zeg je dat? Het belangrijk vinden. Het voelt een beetje als Hemelvaart; het verrast me elk jaar weer. Maar nu was ik daar voor het eerst. En dus had ik er niet goed genoeg bij stilgestaan. Ik dacht gewoon: een mooie vrouw. Een interessante vrouw. Een tweede date. Ik dacht niet aan al die andere vrouwen met al hun vrouw-zijn en hun trots over hun vrouw-zijn en al hun borden over hun trots over hun vrouw-zijn. En ik... Met al mijn... Ja, met al mijn wat? Het verwart me nogal. Snapt u?

Buurvrouw knikt. Ik denk niet dat ze het snapt, maar wie ben ik om dat te bepalen? Misschien weet Buurvrouw precies waar ze het over heeft.

Ik ken haar van Bumble. Ze was heel mooi. Van die lange roodblonde haren, lichte ogen, sproeten. Een foto in een jurkje in een Frans weiland, een quote van een feministische schrijver. Meisjesachtig, maar een vrouw van veertig. Arts.

Je type?

Helemaal mijn type. En geheel tegen mijn verwachting, ik ook dat van haar.

Ze zet het bord terug tegen de bar, drinkt haar jenever op en vertelt:

Fleur dus. Ik had Fleur pas één keer gezien. We waren gaan wandelen in het park, met de hond van een vriendin. Op zaterdag paste ze altijd op. Het park voor haar deur was niet groot genoeg om echt te wandelen, we liepen drie keer hetzelfde rondje. Twee keer per rondje kwamen we langs een veldje waar honden speelden. Er waren er een stuk of zes. Kleintjes voornamelijk, die driftig blaften naar geen hond in het bijzonder. De hond van de vriendin van Fleur mocht niet los. Fleur had dat moeten beloven. Ze vond het lastig:

Honden moeten toch los kunnen lopen?

Toch hield ze de hond aan de lijn. Daar was ik blij om, ik zou me er ongemakkelijk bij hebben gevoeld: ik had geen bord gezien dat honden hier los mochten. Bovendien weet ik helemaal niet of honden toch los moeten kunnen lopen. De hond van de vriendin leek het allemaal niet veel te kunnen schelen, die sjokte braaf met ons mee.

We wandelden een uurtje. Ik had bedacht dat ik haar mee zou kunnen nemen naar een bakkertje hier om de hoek. Een tentje van een oud-collega, met de mooiste taartjes van de stad. Ik kwam er alleen als ik indruk op iemand moest maken (bij mijn moeder en schoonzus was het gelukt), maar Fleur zei dat ze naar huis moest. Dat Bobbie naar huis moest. Dat ze vanavond weer dienst had.

Dat wordt niets, dacht ik. Ze is te mooi. Te slim. Te volwassen. Te dokter. Te vrij. Dat wordt niets. 's Avonds kreeg ik een berichtje:

Lieve Tracey.

Ik vond het een fijne wandeling. Hoop je nog eens te zien. Misschien volgende keer zonder hond? Wanneer zou je kunnen?

Liefs F

Dat vond ik leuk. Zo'n berichtje, met een begin en een eind en mijn naam goed gespeld.

Hoe zijn donderdagen voor jou? schreef ik terug. Volgende week bijvoorbeeld.

8 maart? vroeg ze.

Ja.

Ja, 8 maart kan ik wel, maar dan wil ik wel graag naar de mars. Je mag natuurlijk mee.

Ik wist niet meteen wat ze bedoelde, ik bedoel, ik weet wel dat 8 maart Vrouwendag is, maar nou ja, ik wist het ook weer niet. De mars, de demonstratie natuurlijk. Ach, zij wilde graag en ik wilde haar graag en dus leek het me prima. Achteraf is het best logisch dat het een slecht idee was.

Ik haalde twee koffie, een paar donuts en ontmoette haar op de hoek voor de demonstratie. Ze nam de koffie aan maar dronk niet. Ze wilde nu ook nog geen donut. Misschien omdat ze haar handen vol had. Want ze had dus dat bord bij zich, dit bord bij zich. Daar had ik niet aan gedacht: een bord. Dat zeg ik verkeerd, ik had er wel over nagedacht maar ik was er niet uit gekomen. Ik wist niet wat ik op wilde schrijven.

We kletsten wat. Ik vroeg naar haar werk. Zij begon over vandaag. Dat het zo belangrijk was. Dat haar moeder haar als klein kind ook altijd mee had genomen op 8 maart: naar lezingen, discussieavonden, vrouwencafés, demonstraties. De laatste jaren waren de demonstraties te druk geworden voor haar moeder. Maar ze nam nog steeds ieder jaar vrij. Het had haar zoveel geleerd over vrouw-zijn. Ik knikte, nam een hap van haar donut.

Hé, dat is mijn donut, zei ze.

Ik schrok, maar het was een grapje.

Geef maar hier. Hou jij m'n bord dan even vast?

Dat deed ik en ik vroeg naar Bobbie, de hond. Zij vroeg wanneer ik het meest trots was om vrouw te zijn. En ik zei niets. Ze keek me aan, bleef even staan, ik liep door.

Tracey, wat is er? vroeg ze.

Ik liep verder door.

Heb ik iets verkeerds gezegd? Wil je erover praten?

Ik wilde niet praten. Ik liep gewoon door. En nu ben ik dus hier.

Met haar bord.

Ja. Met haar bord. M'n fiets staat nog daar. Kut.

Was je...

Ik vind vrouwen mooi. Prachtig. Adembenemend. Zoals ik giraffes adembenemend vind, naja, ik wil geen seks met giraffes. No offense voor giraffes natuurlijk. Ik vind vrouwen adembenemend als giraffes. Prachtig, met die ongelooflijk lange benen, en die bizar lange nekken en bijna buitenaardse vlekken, maar ik kan me niet voorstellen hoe het voelt om een giraffe te zijn. Ik bedoel. Ja. Nee. Dit bedoel ik misschien gewoon. Maar nu stond ik daar dus net, te zwaaien met dit bord. Dit bord over giraffe-zijn. Over giraffentrots.

Tracey was nu lekker op dreef.

Natuurlijk, ik ben voor giraffenrechten. En ik vind giraffentrots prachtig. Maar ik ben geen giraf. Dat heb ik nog nooit zo zeker geweten als vandaag. Internationale giraffendag. Maar al die giraffes, die dachten dat ik een van hen was. Misschien zouden ze me best accepteren als ik zei dat het niet zo was, dat geloof ik wel. Maar tot ik iets zei was ik een van hen. Ik heb jaren met mannen gewerkt, misschien moet ik ze voor deze vergelijking maar even nijlpaarden noemen. Nijlpaarden zijn hartstikke gezellig, sterk, indrukwekkend soms, maar zeker niet aantrekkelijk. En gevaarlijk bovendien. Maar nijlpaarden gaan er meestal niet van uit dat ik een van hen ben. En dat ben ik ook niet. Denk ik.

Het is lastig je mannelijk te voelen, in een wereld waarin mannen vrouwen zoveel aandoen. Waar ze elkaar zoveel aandoen. Ik wil niet bij dat groepje horen. Ik hoor ook niet bij dat groepje. Denk ik.

Weet u, buuf. Ik voel heel goed wie ik ben. Ik voel heel goed hoe ik me voel, ik zou het misschien ook wel uit kunnen tekenen. Als ik genoeg kleuren heb om mee te werken. Ik stond ooit in een verfwinkel en daar hadden ze zo'n waaier. Een heel dikke, met misschien wel bijna alle kleuren. Ik denk dat als ik die waaier nu had gehad, ik mijn kleur had kunnen vinden. Maar een kleur is niet genoeg. Niemand vraagt je naar je kleur. Behalve als je een embryo bent in een buik en er een babykamer moet worden geverfd. Het is niet dat ik twijfel. Ik weet het zeker. En ik weet nog zekerder hoe ik me níét voel. De eerste keer dat ik erover las kreeg ik, ja, hoe moet ik het noemen; *a fuzzy feeling*. Weet je, ik hou van regels, ik werk goed met hokjes, maar misschien hoef ik wel niet te kiezen. Geen rond blokje in een vierkant te proppen. Geen rond blokje te zijn. Maar ook niet geforceerd een vierkant te spelen, omdat anderen zich daar beter bij voelen. Gewoon een driehoek zijn. Of weet ik veel, een ster, een achthoek of iets wat geen vorm heeft. Lucht. Of een vorm die van vorm verandert. Een Barbapapablokje. Het is dus niet dat ik twijfel. Snapt u?

Buurvrouw zegt niets. Ik ga ervan uit dat ze Tracey niet begrijpt. Of eigenlijk ben ik bang dat ze Tracey wel snapt maar dat ze het zou veroordelen. Zoals mijn moeder laatst zei dat mensen zich niet zo aan moeten stellen. Dat het heus niet altijd leuk was om vrouw te zijn, maar dat dat niet ineens betekende dat je geen vrouw was. Gewoon niet zo aanstellen, zei ze. En ik had te weinig teruggezegd. En ik ben bang dat ik dat vandaag weer zou doen. Maar Buurvrouw knikt gewoon.

Wil je, ehm, dat we je anders noemen? vraag ik.

Dank je. Nee. Ik wilde dit gewoon even gezegd hebben. Ik heb geen probleem met Tracey. Trace (niet Trees). Mijn vader noemt me Beestje, dat mag hij. Hij wel. Mijn moeder noemt me Meisje. Ik denk dat ik dat losgekoppeld heb van de betekenis, maar ik vind het fijner als ze Tracey zegt. Tracey. Mijn zus zegt Tray, mijn broers ook. Of T.T., dat vind ik ook fijn. Sommigen noemen me Karper, dat is een lang verhaal. Nieuwe klassen beginnen altijd met mevrouw, en dan struikelen ze over mijn achternaam en zeg ik: noem me maar Chef. Chef voelt het best. Ik heb geprobeerd het erin te krijgen bij mijn vrienden, dat lukte niet. Je kan je bijnaam blijkbaar niet zelf kiezen. Als ik het zou kunnen, dan werd het Chef. Op m'n werk noemen ze me Chef.

Ik dacht dat jij lesgaf.

Geef ik ook. Maar in de keuken. Ik leer ze bakken.

Bakken?

Ja brood, banket. Patisserie. Je weet wel, bakken.

Dus jij kunt heel goed koken?

Nee.

Maar...?

Ik kan goed bakken.

Tracey vindt bakken stukken makkelijker dan koken. Je moet gewoon de instructies volgen en ze kan prima instructies volgen. Zo was het thuis ook. Geen vingers. Geen vragen. Geen maar. Niet nadenken. Doen. Doen wat er gezegd wordt. En zij deed dat. Ze was een rustig kind. Een serieuze puber. Een goede leerling. Braaf nageslacht. Als ze niet kon vliegen wilde ze de keuken in. Dat mocht. Koken ging oké, bakken ging goed. Echt goed. Grammenneukers noemen ze ze. Zij neukt haar grammen met liefde. Dat is precies wat ze kan. Verwarm de oven voor op 170 graden, weeg 128 gram af, rol uit tot een rechthoek van 14 bij 32 cm. Het is prachtig hoe overzichtelijk een patisserierecept is. Geen snufjes, geen even, geen naar smaak.

Kijk. Bakken is gewoon precies doen wat er staat. Dat kan ik. Maar er zijn dingen die ik niet kan. Er zijn instructies die ik niet kan volgen. Doe een jurk aan. Lak je nagels. Stift je lippen. Laat je haar groeien. Neem een vriendje. Noem je mevrouw. Wees een vrouw. Wees gewoon een vrouw. Wees gewoon. Gewoon. Snap je?

Misschien.

Ik weet niet wat ik moet zeggen behalve:

Wil je nog wat drinken?

Ze knikt. Ik weet niet wat te doen, behalve nog een drankje inschenken. Ik ben barvrouw, dat is wat ik kan.

Ook bij het ontstaan van de Nederlandse bruine kroeg spelen vrouwen een centrale rol.

Tot 1881 mocht iedereen in Nederland drank verkopen, en waren veel vrouwen uitbater van hun eigen voorkamer om wat bij te verdienen. Ze schonken bier, jenever, brandewijn. Tot daar de Wet tot regulering van de handel in sterkedrank en van openbare dronkenschap was. En cafés een vergunning nodig hadden. Het café werd van een huiselijke aangelegenheid een formeel bedrijf, en dus een plaats voor de mannen. Een plek waar een respectabele dame niets te zoeken had. En dat tijdperk duurde lang, heel lang, en eigenlijk zijn er nog steeds mensen die dat denken.

Daarom gingen we in 1973 protesteren, zegt Piloot.

Hoe bedoel je we?

In café Mulder mocht je als vrouw niet alleen aan de bar zitten. En dus gingen we protesteren. Het café bezetten.

Jij hebt toch niets met feministen?

Wel met bier.

Wanneer was dit, zei je?

1973.

Hoe oud was jij toen?
Krijg ik nou nog wat drinken?

Vrouwen hebben kleinere hersenen.

En minder spieren.

En zijn dus minder sterk. En minder snel. Gemiddeld.

Vrouwen hebben borsten. En heupen. Zijn dus minder aerodynamisch.

En dus passen ze ook minder goed in autostoelen.

En kunnen ze minder goed bij het stuur.

Past de gordel niet goed over hun borst. En zijn ze minder goed beschermd. Want auto's zijn niet voor hen gemaakt.

Vrouwen hebben hormonen.

En daarom testen ze medicijnen liever niet op vrouwen, dat is ingewikkeld, dan moet je rekening met die hormonen houden. Daarom werken medicijnen ook beter op mannen. Want daar zijn ze voor gemaakt.

Vrouwen bluffen minder.

En onderhandelen minder.

En salarisvoorstellen zijn er om over te onderhandelen. En dus verdienen vrouwen minder. Ook als ze meer verdienen. Salarisvoorstellen zijn voor mannen gemaakt.

Maar dat is logisch want vrouwen werken minder.

En dus zijn ze thuis.

En als ze thuis zijn kunnen ze natuurlijk de was wel even doen.

Want als mannen thuiskomen hebben ze gewerkt. De dagindeling is voor een man gemaakt.

Vrouwen werken minder. En dus werken ze meer. In huis. Met de kinderen. Met de zorg van ouderen. De boodschappen voor de buurvrouw. Is de tandarts al gebeld?

Vrouwen zien zichzelf minder.

In de kroeg.

Op tv.

En in boeken.

En in directiekamers.

En in managementboeken.

En ook als ze zich voorstellen hoe een wetenschapper eruit zou zien. Een kunstenaar. Een genie.

En dus zijn ze er minder. En dus zien we ze nog minder. En zien we ze nog minder voor ons.

Vrouwen beslissen minder.

Hebben minder invloed op de grote dingen.

En dus worden de grote beslissingen zonder hen genomen.

Zelfs als ze over hen gaan.

Zelfs als ze over hun baarmoeder gaan.

Louise! Een biertje!

Er zitten drie meisjes op het terras. Vrouwen, moet ik zeggen, jonge vrouwen, studenten waarschijnlijk. Ze drinken, roken en spelen een spel. Dat vind ik leuk, vrienden die naar de kroeg komen om een spel te spelen. Ze drinken flink door. Dat vind ik ook leuk, dat mag ik natuurlijk niet zeggen, het is niet goed om veel te drinken, maar vrouwen die samen drinken zijn vaak gezellige vrouwen.

Ze zitten dus op het terras, met zijn drieën, een spel te spelen en veel te drinken en het is maart. Begin maart. Twee hebben hun jas uit. En dat snap ik. Het is vervelend om met een jas aan op het terras te zitten, helemaal als je een spel speelt. Een van de drie loopt naar binnen.

Mag ik nog drie fluitjes? En mag de terrasverwarming misschien aan?

De terrasverwarming?

Je hebt toch terrasverwarming? Of zijn die dingen kapot?

Nee hoor.

O top, mogen ze dan aan?

Nee, eigenlijk niet.

Ze kijkt me verward aan.

Maar ik wil het heel graag.

Nee. Nee ik vind dat niet meer kunnen eigenlijk.

Maar dinsdag mochten ze wel aan.

Welke dag is het vandaag?

Donderdag.

Precies.

Is het jouw tent?

Nee.

Denk je niet dat je baas vindt dat jij de terrasverwarming aan moet doen als ik dat vraag?

Nee.

Maar verderop staan ze wel aan.

Ja, dat zal.

Ik vind je niet echt gastvrij.

Jullie zijn welkom binnen.

Ze loopt boos naar buiten.

Je vergeet je biertjes.

Gastvrijheid is niet de klant is koning.

Gastvrijheid is niet jaknikken, voor alles, voor iedereen.

Het is niet u vraagt wij draaien.

Niet alles kan, alles mag, wat jij wilt, ja, echt wat jij wilt. Zeg het maar.

Gastvrijheid is er zijn.

Klaarstaan, met deuren of armen open. Iets aanbieden, jezelf aanbieden. Kijk, dit ben ik met al mijn gebreken, met al mijn tekortkomingen en vuile vaat, maar jij bent welkom. Bij mij.

Bij mij, zoals ik ben, precies zoals ik ben; de muziek te hard, geen broodjes, geen verwarming op het terras. Jij hebt hier geen verantwoordelijkheid, jij hoeft niets vorm te geven. Jij hoeft niet te kiezen, niet te beslissen, alleen te ontvangen.

Ik ben de kroeg en je doet je jas maar aan.

Ik ben de kroeg en ik schenk wat ik heb.

Ik ben de kroeg en ik ben wat ik ben.

Ik ben de kroeg, en Loes is jarig.

Je mag blij zijn dat ze er is.

Roos is blij dat ze er is. Roos heeft thee gedronken en de reisgids van Colombia bekeken. Ze zou best naar Colombia willen, alleen lijkt het haar een beetje gevaarlijk. Ze wil hier blijven. Ze wil hier zitten en ze wil...

Mag ik nog wat drinken?

Natuurlijk.

Een spa rood.

Spa rood?

Ja.

Nee. Ja. Het is niet dat je geen spa rood mag, maar wil je een spa rood?

Ja.

Of wil je eigenlijk nog een wijntje maar ben je bang om te vragen wat je eigenlijk wilt. Omdat je bang bent om te dronken thuis te komen. Te hard te praten. Te veel te zijn. Te veel ruimte in te nemen.

Nee. Nee. Ik wil eigenlijk een spa rood. Heb je limoen?

Ja.

Graag. Ik wil spa rood in een groot glas met ijs en limoen en een heel klein beetje zout. Ja, ik zei zout en ja, ik bedoel ook zout. Alsjeblieft.

Natuurlijk, denk ik.

Jij mag alles. Jij mag wat je maar wil. Thee. Spa rood. Al wil je acht cappuccino. Met je krullen die nog steeds nat zijn. Met je grote bruine ogen en uitgelopen mascara die je tevergeefs hebt geprobeerd weg te vegen. Met je moderne moederjurk met topje eronder, je panty, je laarsjes. Met je wangen een beetje rood. Met Kees aan je voeten. Met de geveinsde concentratie waarmee je door een reisgids bladert. Met hoe hard je probeert niet uit te stralen hoe blij je bent om hier te zijn. Hoe je net iets te vaak dat plukje haar terug achter je oor doet. Hoe je luistert, weinig knippert, knikt, en ja zegt, zonder geluid, door alleen in te ademen.

Ik geef haar een spa rood en ga op de bar zitten. Ik zit graag op de bar, je hebt er beter overzicht.

Ik zit daar en kijk naar haar. Hoe ze een slok neemt, aandachtig. Hoe ze tegen Kees praat. Hoe Kees zucht. Hoe zij glimlacht om die zucht.

Ik weet het Kees, ik weet het.

Ik zit en kijk naar Roos. Naar haar schouders, haar rug, haar haren, haar handen, haar ogen, haar mond, haar...

Loes?

Tracey staat naast me, ze volgt mijn blik, ik zie wat ze ziet. Ze knikt.

Ja, dat snap ik wel. Valt ze op vrouwen?

Natuurlijk niet.

Waarom niet?

Ze woont vast samen, in zo'n huis met zo'n tuin, en zo'n man en die hond en drie kinderen of zo.

Is dat erg?

Misschien.

Naast wie zat jij net?

Niet van onderwerp veranderen nu.

Laat me, ik ben jarig.

Een meisje.

Twee meisjes.

Links.

Tracey zat naast twee meisjes aan de bar. Ze kocht drankjes, stelde vragen. Knikte geïnteresseerd. Vroeg door. Stelde shotjes voor. Knikte begrijpend toen ze die niet wilden.

College morgenvroeg.

Ze stonden op. Twee halve knuffels en een

Leuk je te ontmoeten.

Het linkermeisje treuzelde een beetje. Waarom liep Tracey niet mee? Mee naar buiten, naar haar fiets, nog een knuffel, een voorzichtige zoen misschien, nummer uitwisselen, of gewoon een naam op Instagram.

Ik kreeg niet het idee dat er een opening was.

Een beetje actie had ik wel kunnen waarderen. Ik ben jarig.

Tracey zucht, haar ellebogen op de bar, hoofd daar weer op, nog een zucht.

Ik kan dit niet meer.

Wat niet?

Dit. Dit leuren met mezelf. Ik word er focking moe van. Moe en ongelukkig.

Het is nog vroeg.

Het is twaalf uur, Loes.

Ik bedoel, je bent nog jong en ik wil niet dicht. Ik wil blijven.

Blijven?

Ja.

Met haar?

Ook.

Vraag het dan.

Ze moet naar huis, met die hond, naar die man en die kinderen.

Ze wil niet naar huis, dat zie je toch.

Ja. Roos woont in zo'n huis met zo'n tuin, en zo'n man en die hond en kinderen. Drie. Ze had nooit voorzien dat ze zo'n vrouw met zo'n huis, zo'n man en zo'n hond en drie kinderen zou worden.

Ze was ooit een Vrouw met een Goede Baan, verdiende bakken met geld. Ze had dat altijd een rare uitdrukking gevonden, bakken met geld, totdat ze het zelf verdiende, toen voelde het oprecht als bakken. Bakken die over haar heen werden gestort, zonder dat ze de tijd had om ze uit te geven. Omdat ze moest werken, werken voor haar bakken. Die bakken an sich deden er niet zoveel toe. Ze was belangrijk. Ze opperde een idee, zag collega's knikken. Ze gaf presentaties, de mensen keken. Ze bedacht strategieën, die werden gevolgd. Ze was nog jong, en toch: er werd naar haar geluisterd.

Maar ze had ook altijd kinderen gewild. Nee, het was anders. Ze had nooit nagedacht over een leven zonder kinderen. Maar Alec bleek echt en diep vanbinnen kinderen te willen. Hij voelde een grote leegte en als Roos toch over de beren op de weg wilde praten, dan zei hij dat beren op de weg nooit echt problemen waren, dat je gewoon even moest stoppen en wachten tot ze overgestoken waren. En dat er überhaupt geen beren waren omdat ze niet in Zweden woonden en dat ze toen ze wel in Zweden waren ook daar geen beer hadden gezien.

De man was een vader in spe en zag geen problemen. Niet dat parttime werken voor hem geen mogelijkheid was. Dat Roos ook een baan had van vijftig uur per week. Het zou allemaal goed komen en op zijn plek vallen. In een wiegje. Knuffel erbij, dekentje eroverheen, niets meer aan doen.

Echt liefje, geloof me maar. Met jouw ouders en misschien wil mijn vader... En we kunnen kinderopvang betalen, een vaste oppas op den duur.

Hij kocht een knuffelbeer voor haar. En even voelde het alsof Alec gelijk had, alsof alle beren van pluche waren, alsof ze daar alvast klaarstonden voor de toekomstige baby. En als ze droomde over een kindje met Alecs ogen en lach en zorgeloosheid, met de humor van haar vader en met van die zachte krullen, misschien kwam het dan wel goed. Dat zei ze heel vaak zachtjes tegen zichzelf. Het komt goed. Het komt goed. Het komt goed, het komt goed. Echt, het komt goed.

En toen ze het bijna geloofde werd ze zwanger. Ook al was het gepland, ze was alsnog verbaasd. En blij natuurlijk, ja, blij. Maar vooral verbaasd en verward. Langzaam vulde de zwangerschap haar lichaam, haar hoofd, nam haar over. Ze bestond uit babykleding en babyspullen en een babykamer in babykleuren en crèches en luiers en van die dingen voor in een stopcontact. Ze kon aan niets anders denken dan aan wat straks Bo zou worden.

En toen was daar Bo. En toen had Roos geen tijd meer om na te denken of beren te zien. Om te twijfelen. Of te praten. Om te weten of ze dit echt had gewild. En de mensen zeiden dingen over een roze wolk, maar de wolk was niet roze. De wolk was... wolkig. Wolkig en wollig. En vulde haar hoofd en hele lichaam. Alleen haar borsten bleven gespaard, omdat die al vol met melk zaten. Ze was alleen maar wolk. Melk, wolk en moe.

Alec had geen last van wolken of geen tijd voor wolken, hij moest meteen weer aan het werk. Hij had zijn baan eigenlijk nooit echt interessant gevonden, maar dat veranderde nu. Ineens leek hij niets anders te willen doen. Hij was vader en vaders moesten werken en zorgen voor geld en zekerheid. Hij was vader met een hoofdletter V. Maar ouder was hij niet. Hij wist niets van Bo, wist niet wat ze wilde als ze huilde, niet wanneer of hoeveel ze moest drinken, niet hoe hij haar luier het snelst om kon doen of dat ze het best sliep tijdens het stofzuigen. Hij werd 's nachts niet wakker. Hij was voortdurend dingen kwijt. Als hij alleen met haar was noemde hij het oppassen en belde hij Roos met elke vraag. Ik ben gewoon niet zo'n babyvader, zei hij. Of dacht zij, ze weet het niet meer. Gewoon niet zo'n babyvader was de vader van haar baby.

Hoewel de wolken nog niet weg waren, moest Roos toch terug naar kantoor. Vierenhalve dag. Parttime noemden ze het daar.

O ja, je werkt nu parttime.

O ja, jij bent vrij geweest.

Fijn dat je zo rustig aan kan doen.

Roos was terug maar niet echt terug. Ze stelde te veel vragen, was niet op de hoogte. Ze was niet degene met de antwoorden meer. En ze voelde zich niet meer belangrijk. Ze was niet meer belangrijk. Althans niet op werk. Ze was een pakketje grijze wolken gedrenkt in moedermelk. En dus kreeg ze de promotie niet. Robert kreeg 'm. Middelmatige Robert. Want middelmatige Robert was nu beter dan zij. En ze gaf ze gelijk want ze hadden gelijk. Deze Roos was minder waard dan een middelmatige Robert.

Thuis ging het beter. Rommelend, modderend, met potjes en pizza en opa's en oma. Ze vergat vrienden en verjaardagen, en hoe het voelde om uitgerust te zijn. Maar een voor een trokken de grijze wolken weg.

Bo had Roos veranderd. Ze was niet meer zichzelf, niet meer haar werk, ze was moeder, Bo's moeder. En ze werd er steeds beter in.

Ken je die regel dat je tienduizend uur ergens in moet stoppen om er goed in te worden? Moeder ben je vierentwintig uur per dag, dus dan ben je er met anderhalf jaar wel. Maar precies op het moment dat ze dacht dat ze er was, dat ze het onder de knie had, dat ze echt geloofde dat het goed kwam, toen kwamen de vragen.

Willen jullie...

Denken jullie...

Zijn jullie al bezig?

Een ei is geen ei.

Twee ei is een half ei.

Drie ei is een paasei.

Een mens is geen mens.

Twee mensen is geen gezin.

Drie mensen is een half gezin.

Vier mensen is het standaardgezin.

En het minimum.

LOUISE! Op één been kan ik niet lopen.

Je hebt al vijf biertjes op.

Je weet wat ik bedoel.

Er kwam een tweede, dat leek onlosmakelijk met de eerste verbonden. Er kwam een tweede, Ruby. Nog meer wolken. Nog meer luiers. Nog meer luieruitslag. Nog meer moedermelk. Ontstoken tepels. Gigantische tieten. Nachten zonder slaap. Maar nu gecombineerd met ochtenden met een peuter. Met jaloerse ogen. Ongelijke slaapjes. En een Alec die nog afweziger leek.

Ik ben niet zo'n babyvader.

Bovendien had hij er nu twee om voor te betalen. En een nieuw huis. Ergens tussen de luiers door had Alec avond na avond op Funda gezeten en een mooi nieuw huis/goede investering gevonden. Zij mochten met hem mee. Ze verhuisden al hun spullen en kochten heel veel nieuwe. Een grote bank – groot genoeg voor hen allemaal en groter. Hoogslapers voor de meiden. Een bijzettafel. Een leesstoel. Kunst die Roos niet per se mooi vond maar wel volwassen. Een servieskast. Een tv-meubel. En ze hadden nog ruimte over.

De meiden waren veel ziek of ziekig, sliepen weinig en Roos nog minder. Ze was moe, niet een paar dagen, weken of maanden, moe was haar karakter geworden. Als ze op haar werk was, was ze er niet echt. Ze nam ook de volgende promotie niet aan, ging twee dagen minder werken en kreeg een klein beetje adem. Ze ging weer koken, sporten, las af en toe een boek. Ze streek, ruimde op, plakte platte banden, repareerde de vaatwasser, bakte steeds vaker een taart. Ze tuinierde en kocht bloemen. Ze werd een moeder, steeds meer een moeder. Want thuis was ze belangrijk. Thuis kon niet zonder haar.

De volgende was Kees. De buren van vrienden van Alec hadden een nestje. Alec was opgegroeid met honden en het leek hem goed voor de meiden om een dier in huis te hebben. Roos' argumenten, dat hij nooit thuis was en dat zij het beest natuurlijk uit moest laten, dat ze nooit meer zomaar op vakantie zouden kunnen, dat haar ouders echt niet op twee kinderen én een hond zouden passen, dat ze geen zin had in zo'n cursus op zo'n koud sportveld aan de rand van de stad, al Roos' beren op de weg verdwenen toen ze zich over liet halen bij de puppy's te gaan kijken. Want puppy's zijn puppy's. Zo zacht. Zo klein. Met zulke grote puppyogen. De meeste pups waren al aan iemand beloofd, maar er was nog één teefje. Een teefje met bruine krullen en veel te grote poten. Roos tilde het beestje op haar schoot, ze viel in slaap. Honden zijn geen beren. Honden beschermen tegen beren. Deze pup moest mee. Dat mocht over twee weken.

Ze kochten een bench die de inrichting verpestte, een kussen, een knuffel, een tuigje – o nee, toch een halsband –, een riem, een andere riem, poepzakjes, snoepjes, een bal, een frisbee, een waterbak, een etensbak, een etensbak voor als ze groot zou zijn, een plastic donut, nog een kussen, een dekentje, nog meer snoep. Ze kochten alles. En meer. Alec ging haar halen. Bo wachtte ongeduldig. Ruby ook, maar vergat steeds op wie precies. Alec zette de pup in een kartonnen doos op de grond in de keuken. Roos pakte haar, ze likte haar hand en beet in haar vinger. De rest van de dag probeerden ze met zijn vijven een nieuwe status quo te vinden. De pup wilde stoeien, de meiden aaien. De meiden bedachten een spel, de pup viel in slaap. De hond plaste op de vloer, Bo liep erdoorheen. Roos zette een bak water op de grond, Ruby begon erin te slaan. Bo corrigeerde haar zusje, maar werd zelf boos toen de pup ook in haar vinger beet.

Ze moet nog een naam, zei Alec tegen de meiden.

Kees! riep Bo.

Kees, net als hun opa. Kees, iedereen was het ermee eens. Toen Ruby en Bo eindelijk in bed lagen – met de belofte dat Kees er echt morgen ook echt nog zou zijn:

Ze woont nu hier. Nee, ze gaat niet weg.

Toen ze eindelijk-eindelijk sliepen, was Kees kapot. En Roos ook. Ze lag op de bank, Kees op haar buik.

Dit was een goed idee, lief, dit was nou echt een goed idee.

Toen voelde ze haar trui nat worden. Een pup is werk. Een pup moet altijd plassen. En plast overal. Ook op jou of de jassen die toevallig op de grond liggen. Je moet 's nachts niet alleen je bed uit (dat was ze gewend), je moet naar buiten. Ook als het regent. En het regende altijd. Vooral als Kees naar buiten wilde. En dan wilden de meiden mee en voor die hun jassen en laarzen aanhadden had die kleine al in de gang geplast en lag ze weer in haar mand. Ze beet in alles. Vooral in Roos' tenen. Ze wilde niet eten en at alles wat ze tegenkwam (blikjes, papier, komkommer, een stuk brood, gras, zand, vogelpoep, kattenpoep, allerlei poep, servetjes, takjes, een naaktslak), daarvan kreeg ze diarree. Op het kleed. Ze sprong grote honden in het gezicht die dat niet altijd waardeerden. En tegen haar gromden, wat Roos als puppymoeder moest accepteren, zo leerde ze. En Roos leerde door te blijven ademen als die dobermann van verderop dat minilichaampje helemaal in zijn bek nam. Dat vond ze leuk. Dat had ze nodig. Net zoals ze het blijkbaar nodig had om 's avonds Roos aan te vallen, als ze bezeten door de duivel leek. Maar Kees' duivel verdween (eerder dan bij de meisjes, die van de peuterpuberteit in de verschrikkelijke vier, in weet ik veel wat voor naamloze fase vielen). Kees werd volwassen.

En nu is ze er voor Roos. Roos loopt met haar. Roos geeft haar eten. Maar zij is er voor Roos. Poot op haar arm. Lik over haar gezicht. Kop op haar schoot, tussen haar benen, daar ruikt het blijkbaar het best. Ogen die Roos de hele dag vanuit de hoek verliefd aanstaren. Roos vertelt Kees alles. Kees kan troosten. Kees moedigt aan. En maakt Roos rustig. Want Kees is er altijd.

Buurvrouw schuifelt naar de wc en valt bijna over Kees. Kees doet een oog open.

O sorry, lieverd. Ik keek niet goed uit. Wat een mooierd. Wat is het er voor eentje?

Een labradoodle. Haar moeder is een poedel, haar vader een labrador. Eigenwijs, slim, maar ook goed met kinderen.

Ja. Ja.

Voor de anderen is ze een gescheiden vrouw. Een zuster. Een hoofdzuster. Een werknemer. Een leidinggevende. Een klant. Een gast. Een collega. Een vriendin. Een vage kennis. Een onbekende. Een oude vrouw. De buurvrouw.

Maar ze is een moeder. Ze zal altijd een moeder blijven. In haar lichaam groeide een lichaam. Haar armen wiegden, haar melk voedde. Ze zong als ze niet kon slapen. Ze loog als ze bang was. Ze maakte pap en thee en warme melk en soep en boterhammen en bovenal zich heel veel zorgen. Ze las voor. En nog keer. En nog keer. Ze deden een spelletje en ze speelde het spelletje mee. En toen het over was, was het over. Ineens helemaal over. Alsof het een baan was waarvan ze ontslag had genomen. Alsof het een huis was dat ze had verlaten. Alsof het haar huwelijk was. Maar ze kon de trein niet nemen, weg van wat haar lichaam droeg. Wat ooit haar lichaam deelde.

Ze heeft geen kind, maar ze was een moeder. Ze is een moeder. Altijd.

De laatste keer dat Buurvrouw zich echt een moeder voelde was ze tante. Ze had haar zus al jaren niet gezien. Te veel verdriet, te veel schaamte, een dood kind, een gebroken huwelijk, een werkend leven en een lange treinreis stonden tussen hen in. Buurvrouw kwam niet meer in het dorp. Ze heeft het te druk, klaagde de familie, maar ze haalden opgelucht adem als ze niet kwam. Buurvrouw durfde niet terug naar het dorp, daar waar iedereen was, behalve zij, haar dochter. Het dorp was waar de afwezigheid leefde. Ze nam diensten met kerst, diensten met Pasen, diensten in het weekend als er een verjaardag was. Ze werkte in de zomer, vierde haar vakantie aan de andere kant van het land. Ze stuurde kaartjes, maar vergat wie haar familie ook weer was.

En toen belde haar zus. Het was geen kerst, er was niemand jarig. Ze probeerde Buurvrouw niet tevergeefs uit te nodigen voor een familiebijeenkomst. Ze belde met een vraag. Haar dochter Alida, Buurvrouws nichtje, was eenentwintig geworden en klaar voor een leven buiten het dorp. Haar moeder had geprobeerd het te rekken, maar het ging niet langer, ze moest weg. En als ze toch weg moest, dan maar naar familie, hoe ver die familie ook leek. Het was meer een mededeling dan een vraag geweest. Volgende week woensdag. Zou Buurvrouw haar van de trein kunnen halen? Dat was dan geregeld. Tot snel.

Buurvrouw had geen idee wat Alida bij haar moest doen. Wilde ze een studie volgen? Verpleegkundige worden? Wilde ze werken? Hoelang zou ze blijven? Had ze geld? Woensdag 11:20, perron 3. Dat is wat ze wist.

Ze had Alida al jaren niet gezien, maar het cliché was waar: familie herken je. Vooral als familie zo op jezelf lijkt. Dezelfde ronde wangen, kleine ogen en dik, steil haar, peper-en-zout. Ze droeg een lange blauwe jas en had dezelfde ferme, zelfverzekerde houding, die niet anders dan gespeeld kon zijn. Een tas en een koffer. Daar stond ze. Haar nichtje.

Ze liepen samen naar Buurvrouws appartement. Buurvrouw droeg de tas, Alida nam haar koffer. Een klein kwartiertje lopen. Buurvrouw benijdde de levenslust die ze uitstraalde, terwijl het toch echt Buurvrouws leven was waar ze lust in had. Ze liet het meisje haar spullen uitpakken en zich opfrissen, en nam haar toen mee naar de markt. Er moesten boodschappen gedaan en het was wellicht makkelijker om een gesprek te voeren als ze tegelijkertijd iets te doen hadden. Dat was waar, tussen de groenteboer en de viskraam en met een verse stroopwafel in haar hand vertelde het meisje. Hierheen komen was niet haar eigen idee geweest, hoewel ze het er misschien wel zelf naar had gemaakt. Ze had een jongen ontmoet, jongens ontmoet. Ze ontsnapte 's nachts het huis, draaide harde muziek, had haar haren zelf afgeknipt. Ze snapte heus wel dat haar ouders streng waren, ze hadden nog drie andere kinderen en een bedrijf om voor te zorgen. Maar wat moest zij dan? Haar jeugd ontkennen? De tijdgeest ontkennen? Ze wist nog niet of ze wilde studeren. Misschien wilde ze werken, misschien wilde ze wel reizen. Hoe dan ook wilde ze de wereld in. Het was al zo fantastisch om hier te zijn, naar de mensen te kijken, bij deze mensen te horen.

Dank u wel, dat ik hier mag zijn.

Voor ze naar huis gingen nam Buurvrouw haar mee naar een cafeetje vlak bij het ziekenhuis. Alida bestelde vol zelfvertrouwen een glas wijn. Buurvrouw keek naar dit meisje – vrouw misschien al wel, die zo op haar leek. Had zij haar weggestuurd als het haar dochter was geweest? Natuurlijk mocht ze blijven, ze zou wel zien hoelang ze bleef (zes maanden).

Buurvrouw regelde een baantje voor haar bij de ziekenhuiscafetaria. Natuurlijk was ze Alida's moeder niet. Ze voelde zich een combinatie van tante, huisgenoot en collega. En ze was trots. Trots op Alida die van een invalkracht in de cafetaria een administratief medewerker met een contract werd. Buurvrouw was trots op hoe ze van bleu meisje veranderde in een stadse jonge vrouw. Trots op hoe Alida's collega's veranderden in vrienden en hoe ze van alles ondernamen. Hoe ze een eigen kamer vond, en daar met huisgenoten een huishouden runde. Buurvrouw kwam er geregeld eten.

Ze was trots op hoe Alida haar meenam naar avant-gardefilms in kleine bioscopen. Buurvrouw snapte niets van de films, voelde zich ouderwets en onontwikkeld, maar ook voor het eerst een echte inwoner van de stad waar ze al meer dan tien jaar woonde. Ze dronken samen wijn in een café waar Buurvrouw nooit durfde te komen en ze praatten over alles. Dat alles verzweeg ze als haar zus belde om te vragen hoe het ging. Ze zei dat Alida hard werkte en gewaardeerd werd. En ook dat was de waarheid.

Ze zei niets over de namen van de mannen die Alida liet vallen, niets over de debatavonden en demonstraties die ze bezocht, georganiseerd door communistische groeperingen. Ze zei niet hoe vurig ze kon vertellen over het kapitalisme, de maatschappij en de onderdrukking van de vrouw. Ze was trots op Alida, die alles zo zeker leek te weten. Die een mening leek te hebben over een wereld buiten die van haarzelf. Buurvrouw wist niet of zij het altijd met haar eens was, maar ze wist wel wat haar zus ervan zou denken.

En Buurvrouw was ook trots op zichzelf. Ze was dan wel geen moeder maar ze stond erbij, ze moedigde aan. Ze had gehoopt dat het altijd zo bleef. Samen in de stad. Samen, alleen in de wereld. Samen, alleen tegen haar zus. Tegen de familie. Tegen het dorp. Twee werkende vrouwen. Twee onafhankelijke vrouwen. Samen.

Het was niet het leven waar ze ooit als klein meisje, als puber, als pasgetrouwde vrouw, over had gedroomd, maar het was een goed leven. Een mooi leven. Een rijk leven. Ze kon zich niets anders meer voorstellen. En ze ging er blind van uit dat dat voor haar nichtje net zo gold.

Maar toen kwam er een nieuwe naam. Een naam die langer bleef. Een naam die werd voorgesteld. Alida ging zich anders kleden, overalls werden jurken, ze liet haar haar groeien en stak het op. De feestjes en films werden ingeruild voor etentjes met vrienden en toen voor avonden samen, thuis. De vrienden werden kennissen en toen weer gewoon collega's. Buurvrouw had al tijden niets meer over politiek gehoord.

En op een dag werd ze uitgenodigd voor het eten. Haar nichtje was zenuwachtig, en ook geen nichtje meer. Ze was een vrouw, een zenuwachtige vrouw. En ze hoefde niet uit te spreken wat ze vertellen moest. Buurvrouw herkende het meteen, ze had het vaak genoeg gezien, ze was het zelf geweest. Zielsgelukkig en doodsbenauwd.

De zoon die geboren werd, werd naar Alida's opa, Marijkes vader, vernoemd. En Buurvrouws zus kwam voor de eerste keer naar de stad. Twee weken bleef ze om te helpen. Want zij was de moeder, zij was de oma. Zij kon weten hoe het moest, wat er nodig was.

Haar zus speelde de rol met verve, een echte oma. Een echte alwetende oma, met commentaar op alles. Op de borstvoeding. Op de rompertjes. Op de kleine babykamer, in het kleine appartement, en boven alles op de grote stad. Te ver, te gevaarlijk, met drugsverslaafden en criminelen en veel te veel verkeer.

Ze zei dat het appartement klein was, te klein voor een kind. En bovendien hoorde een kind in een dorp. De vader van het kindje, zelf ook een plattelandskind, knikte, hij had hetzelfde gezegd.

Ze verhuisden met z'n drieën. En zo was Buurvrouw weer alleen. Geen moeder, geen oma.

Maar Buurvrouw vertelt dit niet. Ze vraagt:

Heb je kinderen?

Drie.

Drie. O. Drie?

Drie dochters.

Wow, drie dochters.

Kees wakkerde iets aan in Alec. Hij lachte naar kinderwagens. Hij ging mee op kraamvisite van vage kennissen. Hij kwam uit het niets aan met een hartstikke leuke naam en zei dingen als

Zo gezellig, die grote gezinnen!

Vroeger bij Roos thuis waren ze met zijn zessen en dat was nooit echt een issue geweest. Drie was misschien helemaal niet zo'n groot verschil. En dus stopte ze met de pil, ze zouden wel zien. Het ging snel. Binnen een jaar kwam Naomi.

Nee, dit is niet waar. Ze moet alles vertellen. Meteen al de eerste maand werd ze zwanger. Meis noemde ze haar in gedachten en tegen Alec. Kleine Meis in haar buik. Een buik van bijna drie maanden, ze wilden het net gaan vertellen toen Roos op een verjaardag ineens heel erge buikpijn kreeg.

Ze fietste naar huis, liep zonder iets te zeggen naar boven, trok alles uit en stapte onder de douche. Alec kwam achter haar aan. Hij vroeg niets, begon te huilen en ging met kleren en al naast haar staan. Daar stonden ze tot Ruby begon te huilen. En omdat Roos niet eerst kletsnatte kleren uit hoefde te trekken ging zij naar haar dochter toe, ging zij naast haar in bed liggen. Toen ze wakker werd, lagen Alec en Kees naast het bed op de grond.

En hoewel nog niemand wist dat ze zwanger was, zeiden ze het toch. Roos' moeder vertelde over haar eigen miskramen, maar het voelde niet als troosten. Roos' oudste zus begon heel hard te huilen, Roos werd er zo ongemakkelijk van dat ze even vergat dat zij degene met het verlies was. Lydia was zelf zwanger, Roos ontweek haar drie maanden. Jessica, Alecs zus, kwam langs met boodschappen en twee flessen goede wijn. Ze schonk een glas in, zette Bo en Ruby voor *Buurman en Buurman* op de tablet en Roos voor een realityshow op tv en ging koken.

Natuurlijk waren Bo en Ruby er. Het zijn fantastische kinderen. Prachtig bovendien. Nee, echt. Met van die donkere bruine ogen. Temperamentvol en zo grappig. Maar Roos voelde zich niet compleet, Meis miste. Maar Meis kon er nooit meer zijn.

Ze werd wel weer zwanger. Niet omdat ze het zo graag wilde maar omdat ze was vergeten dat dat kon. Lichamelijk ging de zwangerschap prima, maar ze voelde zo weinig. Geen stress, geen vreugde, geen nieuwsgierigheid. Ze telde niet de weken dat ze zwanger was, ze telde de weken dat haar ongeboren dochter zou zijn geweest en – Roos was nooit goed met cijfers geweest – raakte steeds in de war, bij controles of vragen van mensen die niets wisten over Meis, mensen die gewoon geïnteresseerd waren in haar buik.

Natuurlijk was Alec na de miskraam ook triest geweest, maar de nieuwe zwangerschap maakte bij hem alles weer goed. Hij was zielsgelukkig. Ruby was ook dolblij. Bo vond het maar niets. Ze had dit al een keer meegemaakt, ze was er wel klaar mee, ze vond één zusje genoeg.

En Roos, die wist het niet.

Roos wist het niet. Ze had hormonen te over, maar ze wist niet of ze echt iets voelde. Zelfs, maar dat zal ze nooit hardop zeggen, zelfs na de geboorte (die onvoorstelbaar snel ging maar wel alle pijn van de wereld deed) voelde ze niet veel. Ze wist hoe het werkte, ze wist wat ze deed. Ze voelde: dit kan ik, dit weet ik, dit heb ik al vaker gedaan. En Naomi deed haar stinkende best om de perfecte baby te zijn.

Ze is nu drie. En Roos houdt van haar. Maar ze is zo stil, zo onopvallend. Ze is niet zo bazig of zelfstandig als Bo. Niet zo nieuwsgierig of eigenwijs als Ruby. Ze kijkt Roos aan met die grote ogen, alsof ze alles eigenlijk al weet.

Kees is buitengewoon gek op haar. Zij en Kees zijn elkaars schaduw, delen speelgoed, lijken een eigen taal te hebben, hoe vaak ze Naomi 's avonds wel niet uit Kees' mand hebben moeten tillen. En hoe vaak Naomi dan een uur of twee later weer wakker wordt:

Kees? Waar is Kees?

Nu slaapt Kees op de grond naast Naomi's bed. Ook al mag dat niet van de opvoedboeken. Ook al mag het niet van het consultatiebureau. Als een peuter en een labradoodle je allebei smekend aankijken, zeg je geen nee.

Kees' liefde helpt. Kees is te vertrouwen. Als Kees Naomi bijzonder vindt, dan zal ze echt wel bijzonder zijn. Dan moet Roos haar gewoon beter leren kennen.

Sorry, ik bazel. Hebben jullie kinderen?

Roos kijkt me aan. Ik wil zeggen dat ik hier niets over te zeggen heb. Geen ervaring. Geen mening. Sorry. Iemand iets drinken? Iets drinken en het over iets anders hebben. Misschien over de gruwelijke pijnen tijdens het zetten van mijn spiraal. Ja, spiraal, het tegenovergestelde van een kind. Of over de geur van verbrand vlees, toen de cellen die niet in mijn baarmoeder hoorden eruit werden gebrand. Althans, dat vertelden ze me. Ik had zelf nooit last van die cellen gehad.

Of misschien gewoon dat ik vorige week voor het eerst na het verbrande vlees weer seks durfde te hebben. Dat ik uitging na mijn werk, dat Jasper zei dat-ie wel mee wilde maar na drie biertjes alweer ging. Dat ik iemand tegenkwam van vroeger, erg vroeger, en toen meteen wist dat hij het moest zijn. Dat ik geen zin had daaromheen te draaien en dronken was, dus maar gewoon zei:

Hé, ik heb al vier maanden geen seks gehad en daar wil ik verandering in brengen. Met jou. Nu. Nu-nu.

En dat we toen seks hadden aan het water, tegen een muur, niet eens de moeite nemend om ons verdekt op te stellen. Dat we seks hadden die om niets anders ging dan dat. Dan daar.

Dat ik me jong voelde, puberaal. Puberaal, geil en begeerd. Dat ik me sterk voelde maar ook kwetsbaar, omdat ik best wist dat hij op dat moment alles kon doen, alles kon zeggen. En dat ik niet zou stoppen. Dat ik zo dankbaar was naar sperma te ruiken, en niet meer dacht aan de brandgeur die alle lust had weggevaagd.

Maar ze vraagt niet naar seks, niet naar mijn libido of baarmoeder. Dat wil ze niet weten. Ze vraagt iets anders. En het antwoord is

Nee. Nee, ik heb geen kinderen.

Maar ook: ik was twintig. Eenentwintig. Hij een jaar of acht ouder. Hij was grappig, spannend, maar ook veeleisend, opvliegend, cynisch. En hij dronk veel. Te veel. We hadden het leuk en we hadden het verschrikkelijk. Veel seks, overal seks. Veel ruzie, overal ruzie. En dan maar weer seks. En drank.

We werkten samen. Zagen vooral onze collega's. Ik stelde hem niet voor aan mijn vrienden, ik nam hem niet mee naar huis. Alleen mijn broer heeft-ie ooit ontmoet. Die maakte zich zorgen, maar dat was zijn taak ook, zei hij. Het was onnodig, ik bedoel, het lag niet alleen aan hem.

Zijn vrienden vonden mij een klein meisje. En achteraf gezien was ik dat ook. Ik was naïef, ik studeerde, ik werkte, ik feestte nachtenlang en lag dagen in bed. Ik pendelde tussen mijn studentenkamer en zijn net-iets-meer-dan-een-studentenkamer aan de andere kant van de stad. En zo vergat ik weleens een pil of twee. Of drie.

En dus zat ik op een plastic stokje te plassen in een wc van een café waar geen daglicht kwam en de muziek veel te hard stond en waar ik net in één teug een biertje had gedronken, omdat ik niet wist of ik anders wel plassen kon. Ik nam de test mee naar ons tafeltje. Hij vond dat vies. Ik zei dat als hij iets te zeuren had hij dan zelf maar een halfuur in dat stinkhok moest wachten. Dat deed-ie niet. En dat hoefde ook niet – ik had de bijsluiter niet gelezen –, na een paar minuten verscheen er al een streep, en een tweede streep.

Fuck, zei hij. Hij wist wat-ie zag, hij had dit eerder meegemaakt.

Fuck, fuck, fuck, zei hij en daarna niet veel meer.

Hij zei niets, hij vroeg niets. Hij dacht dat dat niet nodig was, dat het besluit vaststond. Dat we het er niet over hoefden te hebben. Ik was immers eenentwintig.

Negen dagen later hadden we een afspraak, had ik een afspraak, hij moest werken.

Maar als je het echt wilt meld ik me ziek.

Ik nam een collega mee. Eentje die altijd wel wat te vertellen had, vooral over zichzelf. Onderweg praatte ze aan één stuk en vergat ik heel even wat we gingen doen.

Ik blijf hier, zei ze en pakte een tijdschrift. Maakt me niet uit hoelang het duurt.

Na een uur was ik klaar, maar was het nog niet klaar. Ik kreeg een pil mee. Die moest ik twee dagen later innemen, en dan vooral zo min mogelijk doen. Over twee dagen was het een donderdag, dan werkte ik.

Hoe ging het? vroeg de collega toen ik de wachtkamer weer binnenkwam.

Kun jij donderdag werken?

Voor jou wel.

Dat was het. We namen de bus, stapten te vroeg uit en ze sleurde me een toeristische kroeg in.

Kom. Drank.

Hij sms'te twee uur later. Of ik klaar was, of ik oké was, of hij langs moest komen. Ik wist het niet. Ik antwoordde hem

’s avonds pas. Toen was hij dronken. Hij zou me morgen bellen. Dat is prima. Het gaat goed.

Ik dacht dat ik het prima vond. Ik dacht dat het goed ging. Ik was trots omdat ik snel had gehandeld, niet te lang had gewacht.

Die donderdag ijsbeerde ik door mijn kleine kamer – ik moest rondlopen volgens de bijsluiter, maar wilde mijn huisgenootjes niet zien. Het duurde lang, heel lang. Ik mocht mijn huis niet uit, hadden ze gezegd, maar ik had bijna geen eten in huis. Ik bestelde pizza en wachtte tot het bloed kwam. De hele dag wachten tot het bloed kwam.

Ik dacht dat ik oké was en de rest dacht dat ook.

Loes? O, die is oké. Die redt zich wel. Die lacht. Huilt misschien een nachtje en gaat verder met haar leven.

En dat deed ik ook. Leven, roepen, studeren, feesten, werken, door met mijn leven. Zelfs de relatie ging nog maanden door.

Ik denk er niet vaak aan. Denk ik. Ik praat er nog minder over. Nooit. Nu dus ook niet.

Tracey zegt dat ze het hebben van een moeder al ingewikkeld genoeg vindt. Ik knik en kijk naar m’n handen. Zonder dat ik het doorhad ben ik aan het bouwen. Ik bouw een toren van de afwas. Eerst een basis van lage, brede waterglazen. Die zet ik op hun kop. Een stabiele basis is belangrijk, anders wordt je toren nooit hoog. Daarna werk ik langzaam naar dunnere, hogere glazen; wijnglazen, die geven zo’n toren allure. Of gin-tonicglazen, dat schiet lekker op. Jeneverglazen zijn prachtig voor de bovenste laag. Van die klassieke, maar pas ermee op, ze zijn schaars. Soms speel ik vals en voeg ik met bierviltjes, als een soort cement. Dan valt het minder snel. Maar het kan ook zon...

Kut. Typisch. Niets kapot. Bijna niets kapot.

Piloot zet haar lege glas neer, knikt naar me.

Doe er nog maar een.

Dan knikt ze naar Roos.

Ik heb kinderen. Zoons. Een tweeling. Ik snap je hoor. Ik snap je.

Ze zucht.

Tot hun tiende. Zo lang duurde het bij mij. Ik vond het vervelende ventjes, tot hun tiende. Daarna werden ze gezellig. Ze hadden het nog steeds verdomd vaak over dino's, maar gingen ook dingen zeggen die ergens op sloegen. Ze kregen gedachten die ik kon waarderen. Ze stelden me vragen waar ik over na moest denken. En ik voelde me eindelijk weer eens iets anders dan moeder.

Ik kan me Piloot niet voorstellen als moeder, maar nu ik er over nadenk kan ik me Piloot überhaupt niet voorstellen buiten deze kroeg. Piloot die werkt, kookt, eet, slaapt, doucht, koffiezet. Piloot die een eigen huis heeft. Ik kan me het allemaal niet voorstellen, dus moeder, waarom ook niet.

Begin twintig was ook niet mijn lievelingsperiode. Zo egocentrisch en de vriendinnetjes waren verschrikkelijk in die tijd. Niels heeft een abominabele smaak wat vrouwen betreft en Jan dacht toen nog dat-ie hetero was. Mijn god, wat waren die meisjes irritant. Zeikerig. Controlerend. Zo truttig ook allemaal. Van die lange steile haren. Van die nietszeggende jurkjes, bloesjes met frutsels, oubollige vestjes. En die jongens, die liepen er maar braaf achteraan. Maar ik heb nooit gedacht dat het mijn schuld was. En het is ook allemaal goed gekomen. Jan heeft een ontzettend leuke man, grappig, twintig jaar ouder, doet iets met computers maar houdt van eten en goede wijn. Ze wonen in een klein dorpje in het oosten, onmogelijk te bereiken zonder auto, dus ik zie ze nooit, maar áls ik ze zie hebben we een uiterst vermakelijke avond. Niels woont in Engeland, werkt bij een universiteit, zijn liefdesleven hou ik niet helemaal meer bij, maar Jan vertelde dat zijn laatste vriendin goed te doen was. Een strafrechtadvocaat met drie kinderen en een moestuin.

Hoe oud zijn ze nu?

God, goeie vraag... Zesendertig. Je hebt dus nog even. Ik ben dus al zesendertig jaar moeder, maar eigenlijk ben ik er net pas aan gewend. Voor de rest van de wereld ben je het meteen: ouder, moeder. Moeder van Niels en Jan. Ik probeerde ze mij bij mijn naam te laten noemen, maar toen ze erachter kwamen dat hun klasgenootjes mama zeiden, wilden zij dat ook. Mama was ik. Hun mama. Ik was ineens alleen maar iemand in relatie met hen. En met hun vader – geen verkeerde kerel hoor, maar niet meer in mijn of hun leven. Ik vergat vaak dat-ie had bestaan. Maar de wereld vergat dat niet: hij was weg, hij was niet aanwezig, het was voor de mensen zo verschrikkelijk belangrijk dat ik géén relatie met hem had. Ik wilde gewoon mezelf zijn, iemand die toevallig ook twee kinderen had, maar ik was moeder, alleenstaande moeder, een vrouw alleen. En vrouw, ja, dat was ook zoiets. Het moest ook ineens zo vaak benadrukt worden dat ik een vrouw was. En dat mijn zoons daar het bewijs van waren. Terwijl, als ik me al ooit vrouw heb gevoeld, dan na die twee nog minder.

Ze kijkt op van haar bier.

Moet jij geen kinderen, Loes?

Ik had het kunnen verwachten. Ik ben een vrouw van ergens in de dertig en die vraag is dus nooit ver weg. Mijn moeder, mijn broer, mijn vrienden, de vrienden van mijn vrienden, de gynaecoloog.

Moet jij geen kinderen, Loes?
Voel je geen leegte in je baarmoeder?
Voel je geen eierstokken rammelen?
Voel je dan niet dat je iets mist?
Dat je niet genoeg bent?
Dat je alleen geen mens bent, niet van betekenis?
Vind jij je leven niet leeg en betekenisloos?
Gun je je ouders dan geen kleinkind?
Ga je ze dat echt aandoen?
Blijf je echt alleen?
Je hele leven alleen?
Alleen, eenzaam en egocentrisch.

Er zaten ooit twee jongens en een meisje bij me aan de bar. Ze waren nieuw. Ik had ze hier in ieder geval nog nooit gezien. Ze waren hip, of misschien was dat gewoon hun leeftijd. Ze waren geanimeerd in gesprek, het was gezellig. De jongens kenden elkaar goed, het meisje kenden ze wat minder.

Vaak betrekken mensen aan de bar me bij hun gesprekken, soms bemoei ik me er zelf mee. Jonge mensen doen dit minder en zitten sowieso weinig aan de bar. Liever op het terras, of ergens in een hoekje. Ze halen zelf hun bier, zijn nog niet gewend bediend te worden en kijken vaak verschrikt als je vraagt of ze nog wat willen drinken. Misschien zijn ze bang voor de rekening, misschien vergeten ze dat ik er ben. Hoe dan ook ben ik als barvrouw vaak geen deel van hun beleving. Zo ook bij het drietal aan de bar. Af en toe vroegen ze of ze nog wat mochten drinken en dan gaf ik ze dat, maakte ik een klein grapje en dan gingen we weer verder: zij met hun gesprek, ik met de rest van de avond. Alleen was er weinig rest van de avond en hoorde ik alles wat ze zeiden. Ze hadden het over ouders. Die van het meisje lagen in scheiding en zij had vragen. Waarom nu pas? Iedereen zag het al zo lang aankomen. En nu ze het toch al zo lang met elkaar hadden uitgehouden, waarom dan niet nog even wachten tot zij het huis uit was, volgend jaar zou ze als het goed was weg zijn. Zo ging ze een tijdje door, tot ze doorhad hoelang ze al aan het praten was.

En jullie? Hoe eh, hoe is het met jullie ouders?

De ene jongen keek de andere aan, hij trok zijn wenkbrauw op: heb je zin om te vertellen, of zal ik het voor je doen? Maar de andere jongen (hij was op een rustige manier zelfverzekerd, wat erg zeldzaam is bij jonge jongens, hij had nog niet heel veel gezegd, had niet de boventoon gevoerd, maar je zag dat ze hier om hém zaten. Om hem had het meisje al twee biertjes te veel op, en op hem wilde de andere jongen indruk maken. Hij was de kern, zij waren de entourage) gaf een klein knikje: ik doe het wel. De andere jongen keek naar mij en bestelde nog drie bier en drie jenever, het meisje zei dat ze geen jenever lustte, maar hij luisterde niet. De jongen begon te vertellen:

Ik ken m'n ouders niet, naja, m'n biologische ouders. Ik ben geadopteerd. Mijn moeder heeft me te vondeling gelegd.

Hij had dit verhaal duidelijk al zo vaak verteld. Hij kende de reacties van mensen. Hij gaf ruimte voor de verbazing, voor de vragen. Ook zijn vriend kende het verhaal, hij vulde het af en toe aan, als een woordvoerder. Nee, hij was geen baby. Ze dachten eerst een jaar of een, later bleek hij bijna twee. Hij had een knuffel bij zich en een grote trui als een slaapzak om hem heen. Het was winter geweest, erg koud, hier om de hoek, bij de plek waar de Turkse mannen altijd koffiedrinken.

Natuurlijk dacht ik eerst dat het een sterk verhaal was, een geintje van de twee jongens, misschien vertelden ze het wel om en om. Maar het voelde te echt, zonder dramatische aangezette emoties of ongelooflijke details. Het klonk gewoon als een verhaal over een jeugd, rommelig en alledaags, zoals iedereen z'n jeugd, maar dan anders.

Het fascineerde me. Hoe zijn leven was begonnen als een Bijbelverhaal en hij toch hier gewoon op woensdagavond bij mij aan de bar had gezeten. Het was tijd voor de laatste ronde, het drietal bestelde nog drie shotjes (geen jenever) en toen gingen ze. Ik heb ze nooit meer gezien, maar ik heb nog vaak aan hem gedacht. Aan de jongen aan de bar, maar ook aan de overige negentien vondelingen van de afgelopen vijftien jaar. Of aan de drieëndertig in de periode 1986-2005, de vierendertig van de twintig jaar ervoor. (Ik verdwaalde in de lijsten die online staan en ken de cijfers inmiddels uit mijn hoofd.) Ik fantaseerde over hun levens en het moment dat ze voor het eerst hoorden dat ze gevonden waren. Ik vroeg me af of ze zelf kinderen hadden en hoe ze die hun verhaal vertelden.

Maar meer dan dat dacht ik aan het vinden van een baby. Vooral als ik hier 's nachts de deur op slot draaide. Dat er een mandje zou staan met een kindje. Dat ik dat mee naar huis nemen zou. Dat ik ervoor zorgen zou. Dat ik niet zou hoeven kiezen. Dat het er gewoon zou zijn. Dat er geen twijfel zou zijn. Dat het uitgemaakt zou zijn.

Ik zou een klein nestje voor haar maken in de hoek van mijn kamer. Met daarboven de ingelijste krant. BARVROUW VINDT VONDELING. Ik zou voor haar zorgen. Maar ik zou ook de moeder zoeken. En die zou ik vinden. En we zouden twee moeders zijn. Dat zou het lot zijn. Dat zou mijn gezin zijn en het antwoord op alle vragen.

Moet jij geen kinderen, Loes?

Ik heb jullie al om voor te zorgen.

Mooi, zegt Tracey, want ik heb honger.

Tosti?

Graag.

Piloot?

Ze knikt.

Aan Buurvrouw vraag ik het niet, die krijgt gewoon.

Roos? Heb je honger?

Ja, eigenlijk wel.

Ook een tosti?

Heb je ook iets wat een beetje gezond is?

Het is laat.

Ik weet het. Ik weet het. Ik weet het.

Roos weet het. Ze weet dat haar lichaam zoveel heeft gedaan. Ze weet dat ze vier keer zwanger is geweest. Dat ze drie kinderen heeft gebaard. Drie vrouwen nog wel. Ze weet dat ze trots zou moeten zijn op haar lichaam. Omdat het lopen kan, rennen zelfs. Omdat het ademt, misschien soms wat lastig, tijdens de winternacht vol horten en stoten, blaffen en snakken, maar het ademt. Ze weet het. Ze weet het.

Ze weet het. Maar wat ze ziet als ze kijkt is een lichaam dat geen zeventien meer is. Een lichaam dat niet op Instagram staat. Ze ziet dikke dijen, de strepen op haar buik. Ze ziet haren op plekken en dat randje buik. Ze telt de rimpels bij haar ogen en de lellen onder haar armen.

En dus roert ze 's ochtends in een bakje IJslandse yoghurt. En dus kiest ze voor een salade. Of een cracker als lunch. Slaat ze de traktatie af. Neemt ze geen koekje. Heeft ze al een jaar of wat geen croissant gegeten. (Tien maanden geleden, toen was ze voor het laatst in Frankrijk.)

En dus drinkt ze per dag maar één cappuccino. En alleen in het weekend een glaasje wijn. Gaat ze braaf naar yoga en vindt ze de tijd om twee keer per week naar de sportschool te gaan. (Iets met halters of gewichten, of een klasje waarin ze fanatiek een vechtsport nadoet.) Ze wandelt met Kees, fietst met de kinderen, ze neemt de trap.

Ze zou zo graag in de spiegel kijken en zien wat er is; een vrouwenlichaam. Een prima vrouwenlichaam. Slank zelfs misschien.

Ze zou zo graag willen kijken en dan gewoon een lichaam zien. Een mooi lichaam. Een goed lichaam. Of gewoon een lichaam. Zonder waardeoordeel. Ze zou haar dochters, haar vrouwen, een goed voorbeeld willen geven. Een van een vrouw die liefdevol naar haar eigen lichaam kijkt.

Nee. Ze wil niet zeggen dat ze een eetprobleem heeft. Maar ze vindt eten wel ingewikkeld. Eten is ruilhandel. Als ze nu een appel eet, mag ze straks een cracker minder. Als ze toch een koekje neemt, moet ze morgen harder rennen. Als ze kookt, dan heeft ze minder honger. Als ze drie glazen water drinkt, dan zit ze eerder vol. Als ze nog een glas wijn neemt, dan slaat ze de bitterballen over, of misschien het avondeten überhaupt. Ze moet vandaag sporten en morgen sporten en donderdag ook, want vrijdag is Bo jarig en als ze geen taart eet, dan wordt Alec boos.

Ze probeert het. Ze probeert een extra koekje te eten. Of enthousiast voor te stellen om patat te halen. Ze probeert een hamburger te bestellen in het restaurant. Maar het lukt zo zelden.

Nee. Ze heeft geen eetprobleem. Maar ze heeft wel een probleem met eten. Eten is geen eten. Eten is rekenen. Een som. En met cijfers is ze slecht.

Ze heeft drie dochters en dat is geen goed voorbeeld en ze wil niets liever dan dat eten gewoon weer eten is. En ze zou zo graag hier nu een tosti...

Doe maar een paar nootjes.

Maar je hebt honger, zei je.

Ik heb al gegeten.

Maar je bent helemaal niet...

Weet je, daar gaat het dus niet om. Het gaat er niet om of ik dik ben. Of dun ben. Het gaat om wat ik zie. En dat ik daar nooit blij mee kan zijn. Dat het nooit goed genoeg lijkt te zijn. En dat ik dan kwaad op mezelf word. Om hoe ik ben. En om hoe ik niet accepteer hoe ik ben. Dan ben ik op twee manieren boos. En dan zijn we nog verder van huis.

Het gaat er niet om of ik dik ben. Want het gaat er niet om wie er wel of niet dik is of wel of niet dikker. Het gaat om acceptatie. En misschien ooit wel liefde. Maar eerst even acceptatie. En dat niet alles de hele tijd maar beter moet. Dat jij niet alles de hele tijd maar moet. Dat het allemaal je eigen schuld is. Dat jij dit allemaal moet verbeteren. De beste versie.

Dit zegt ze allemaal en voor het eerst tegen deze barvrouw, die ze helemaal niet kent.

Maar als jij al geen tosti eet, wat moet ik dan?

DAAR GAAT HET NIET OM. Dat zeg ik net.

Het gaat niet om jouw lichaam. Het gaan niet om mijn lichaam. Het gaat om het systeem. Het godvergeten systeem van steeds maar beter moeten zijn. Dunner of ronder, gespierder of zachter. Langer, of juist korter. Witter of bruiner. Met langere wimpers en langere benen. Ik leerde zelfs ooit hoe je nagels moet lakken om je vingers dunner te laten lijken.

Ik wist niet eens dat dat moest. Je haar moet dikker. Je lippen moeten dikker. Je kont moet dikker. Je tieten moeten dikker. Of dunner; ik weet het even niet meer zo goed. Je wenkbrauwen dikker. Je wimpers dikker. Je jukbenen scherper. Je voeten kleiner. Je enkels smaller. Je ogen groter. Je buik strakker. Je huid gladder. Je haar glanzender. En blijkbaar kunnen zelfs je vingers te dik zijn.

En ik begrijp haar. Natuurlijk begrijp ik haar.

Alles komt goed als ik die ene broek heb. Die paarse jumpsuit. De witste schoenen.

Alles komt goed als ik vijf kilo afval. Tien kilo. Geen kilo's afval, alleen spieren aankom. Een sixpack. Of gewoon zo'n strakke buik.

Alles komt goed als ik geen brood meer eet. Geen koffie meer drink. Vijf keer per week ga sporten. Om zes uur opsta. Mediteer. Manifesteer.

Alles komt goed als mijn haar zit. Goed zit. Als het glimt en glanst en nooit meer pluist.

Alles komt goed als ik mijn huid een keer verzorg. Genoeg water drink. Een nieuwe mascara koop.

Alles komt goed als ik een relatie heb. Haar gezoend heb. Haar hand vast mag houden.

Alles komt goed als ik mijn huis opruim, de afwas doe, de flessen wegbreng. Alles komt goed.

Alles komt goed in een ander huis. Een andere stad. Een warmer land.

Alles komt goed als ik vegan ga eten. Geen bier meer drink. Of alleen in het weekend.

Alles komt goed als ik boeken ga lezen. En *The New York Times*. En *The New Yorker*. *De Groene Amsterdammer*. Als ik podcasts luister over Belangrijke Zaken.

Alles komt goed als ik alsnog die master haal. Een PhD doe.

Alles komt goed als ik mezelf ben. Mezelf vind. De beste versie word. Iemand anders ben.

Je moet stralen. Stralen. Stralen. Houden. Houden. Houden. HOU VAN JEZELF. En nu moet ik dat dus aan mijn dochters leren.

Waar hebben jullie het over? vraagt Buurvrouw.

Dik zijn.

Wie is er dik?

Ik, zeg ik.

Wie zegt dat?

U, net nog, denk ik.

Mijn moeder, zeg ik.

Maar je bent prachtig, zegt Roos.

Loes vindt jou ook prachtig, zegt Tracey.

Tracey! Hou je bek.

O, mag ik dat weer niet zeggen?

Je bent dronken.

En?

Misschien wordt ze er ongemakkelijk van.

Van een complimentje?

Ja.

Mag dat nu ook al niet meer?

Nu bemoeit ook Piloot zich ermee.
Jij moet ook je mond houden.

Ze kunnen angstaanjagend zijn.
Verontrustend.
Ongemakkelijk.
Alarmerend.
Zorgen dat je niet meer naar buiten durft. Niet meer naar binnen durft.
Niets meer terug wilt zeggen.
Een relatie gaat verzinnen.
Een nieuwe baan zoekt.
Een nieuwe bakker.
Een nieuw stamcafé.
Heb ik iets verkeerds gezegd?
Iets verkeerd gedaan?
Waren het mijn kleren?
Keek ik te lang?
Zijn mijn ogen te wellustig?
Was ik te aardig?
Ben je nu boos?
Kijk niet zo boos.
Doe niet zo boos.

Het was toch een grapje.
Een complimentje.
Ik bedoelde het aardig.
Ik doe toch niets verkeerd.
Nee toch?
Je bent wel erg gevoelig.
Je bent wel erg chagrijnig.
Je kunt ook niets meer zeggen.

Precies wat ik bedoel!

Piloot schreeuwt nu bijna, hoeveel heeft ze al op?

Je kunt ook niets meer zeggen. Niemand mag meer iets. Mannen mogen niets. Niet zeggen. Niet flirten. Niet vreemdgaan. Niet fluiten. Niets. Vrouwen mogen ook niets meer. Die mochten al niets. Maar nu nog minder. Vroeger deden we het nog. En nu? Niets. Avocado's eten. Yogaën. Je huis inrichten met zo min mogelijk spullen. Werken, genoeg werken, maar niet te veel, da's zielig voor de kinderen. Mag je eigenlijk nog wel kinderen? Ik weet het niet meer.

Vroeger, ja, vroeger, dan klink ik maar oud, vroeger was seks nog leuk. Leuk, spannend, geil. Vroeger was flirten nog leuk. Versieren. Mee naar huis nemen. Zelfs vreemdgaan was leuk. Als een mooie man me een knipoog, een complimentje, een subtiele aai over m'n rug gaf, dan vond ik dat leuk, dan vond ik dat spannend. Als een man deed wat hij wilde, me ongevraagd zoende, me nam, dan vond ik dat geil. Snap je?

Ja, dat mogen jullie best weten. Ik verlang terug naar vroeger. Niet alleen omdat er toen überhaupt nog mensen waren die me graag zonder kleren wilden zien. Maar ik verlang terug naar het vroeger van toen seks nog spannend was en er geen contract aan voorafging. Toen er nog een risico was. Toen je nog een risico nam. En toen het soms fout ging. Ook ik deed dingen die ik niet wilde. Ook ik voelde handen op mijn bil die ik weg wilde slaan. En dat ik dat dan niet deed omdat ik mijn baan nodig had. Ook ik heb nachten gehuild, me vies en ziek en walgelijk gevoeld nadat een man alleen maar had genomen wat hij wilde en mijn wil nietig was verklaard. Ja. Ik ontken het niet hè. Ik zeg alleen dat het mij het risico waard is. Ik werd gezien. Ik werd op mijn kont geslagen. Vastgepakt. Ik werd over mijn been geaaid door mijn leidinggevende. En af en toe gezoend door een oude man. Ik werd nageroepen. Achternagelopen. Maar ik voelde me vrouw. En mooi. En spannend. En... Ja, ja, ja. Ik snap het ook wel. Ik ben niet achterlijk. Ik snap best dat veiligheid ook belangrijk is. Dat de meisjes veilig zijn en zo. Maar ik heb zoveel plezier gehad. Zorgeloos. Achteloos wellicht. Maar plezier was het. Genot. En dat gun ik elke vrouw.

En Piloot gaat door. Door met haar tirade. Zonder te vertellen over de rest. Hoe het moest. Hoe het niet moest. Dat je vrij moest zijn. O zo vrij moest zijn. God, wat moest een mens, een vrouw vrij zijn. En elkaar vrijlaten. Altijd maar dat vrijlaten. Niet bezitten. Niet jaloers zijn. Ze was twintig, haar eerste vriendje. Natuurlijk was ze jaloers. Ze wilde hem hebben. Ze wilde hem houden. Maar het moest anders, iedereen moest vrij zijn. En dat dat een contradictie is zag niemand. En dus – op een feestje van een vriend van een vriend – zag ze hem naar een ander lachen, samen in een geanimeerd gesprek, een drankje halen, in de keuken blijven, verdwijnen in de tuin. Ze schonk nog een wijntje in – al haar herinneringen aan de avond zijn nog zo duidelijk – en stak een sigaret op. Er kwam een jongen naar haar toe, ze kende hem niet. Hij was groot, sterk, iets jonger dan zij waarschijnlijk. Hij had lang haar, er hadden er veel lang haar in die tijd, en een baard.

Hij vroeg of ze nog wat wilde drinken – ze had nog een half glas, hij had vast niets anders te zeggen, toch zei ze ja. Hij pakte een fles, schonk haar glas nog voller. Hij studeerde Nederlands, hij was schrijver. Hij begon een gesprek over politiek. Nee, hij begon een monoloog over politiek. Hij vroeg met wie ze op het feestje was. Ze zei dat die weg was. Ze zag de mogelijkheden door zijn ogen flitsen. Nog een wijntje. Nog een monoloog. Een hand op haar rug.

Zullen we even gaan zitten?

Een hand op haar knie.

Nog een drankje.

Heb jij nog sigaretten?

Ik woon hierachter. Heb je misschien zin?

Ze had geen zin. Ze wilde naar huis. Ze wilde naar huis met haar eigen vriendje. Ze zag niemand meer in de tuin. Misschien was hij weg? In de hoek stond een studiegenootje, ze hing om de nek van een andere langharige jongen die Piloot nog nooit had gezien, ze knipoogde naar haar. Piloot ging met de jongen mee. Hij woonde erachter. Dat was waar. Het was zo dichtbij. Ze zei geen nee. Ze zei niet: ik ga niet, ik wil je niet. Het was niet zijn schuld, ze ging zelf mee. Hij kleedde haar uit. Hij zoende haar. Zij zei geen nee, zij zei niets. Het was niet zijn schuld. Echt niet. Ze was niet boos op hem. De seks was niet goed, maar seks was wel vaker niet goed. De seks was slecht, de seks was wel vaker slecht. Hij deed haar pijn, maar niet opzettelijk. Hij deed haar niets, hij probeerde het niet eens. Ze wilde weg, ze ging niet. Ze ging niet, dus wat had hij moeten doen?

Ze weet vooral nog dat ze daar niet wilde zijn, in dat vreemde huis, met die vreemde jongen. Hij viel in slaap, zij zocht haar kleren. Haar sjaal vond ze niet, maar ze moest weg.

Ze maakte het de volgende dag niet uit toen haar vriendje langskwam voor zijn camera. Ze knikte toen hij zei:

Leuk feestje hè?

En ze ging gewoon weer mee naar het café. De relatie duurde nog een maand of drie, ze zag hem nog met vier andere vrouwen naar huis gaan. Toen ze de baan in Kenia vond, was het klaar. Kenia, dat was duidelijk. Hij gaf haar een boek als afscheidscadeau. Het paste niet meer in de koffer.

En nu?

Hoe bedoel je?

Hoe is het nu?

Hoe bedoel je?

Heb je nu weleens een vriend?

Ach, een vriend, een vriend. Er blijft weleens iemand slapen.

En dat is alles wat ze zegt. Ze drinkt haar glas leeg en staat op.

Joe.

Ik zou het aan Buurvrouw willen vragen. Ik zou willen weten hoe zij seks heeft. Of zij seks heeft en wanneer voor het laatst. Of zij nog seks wil, met een ander of met zichzelf. Ik zou willen dat ik haar kon vragen hoe ze haar lijf voelt, hoe ze zich in haar lijf voelt. Maar ik vraag het niet. Ik durf het niet. Ik durf alleen te hopen dat er ooit nog iemand is geweest die naar haar keek en zei dat zij de mooiste was. Die aan haar zat en dat het voelde of dat het enige was. Die haar liet schreeuwen van geilheid. Misschien was ze het zelf wel. Maar ik vraag het niet.

Ik vraag Tracey naar haar laatste verovering (erg mooi meisje, maar heel lui in bed. Tracey heeft het niet zo op zeesterren).

Tracey vraagt mij hoe het is afgelopen met die bebaarde jongen aan de bar (niets gebeurd, hij had een vriendin en toen ik dat wel een leuk idee vond, vertrok hij haastig naar huis). En dan vraagt Tracey:

Val je op vrouwen, Roos?

Tracey!

Ik mag het toch wel vragen.

Je mag het best vragen. Ik... ik dacht even van wel. We waren vrienden. Ik raakte zenuwachtig van haar. Mijn hart klopte voor onze afspraken in mijn keel. Ik wilde dat ze me mooi vond. Leuk vond. Interessant vond. Ik wilde dat ze me net zo tof vond als ik haar. Ik was trots dat zij mijn vriendin wilde zijn. Dat zij bij mij wilde zijn. Dat ik misschien wel cool genoeg was.

We gingen uit, met z'n tweeën. Bleven nachtenlang weg. Ze liet me nieuwe plekken zien. Nieuwe mensen zien. De stad zien, op een andere manier. Ze liet de avond ontsporen. Het werd gevaarlijk. Zoals nachten moeten zijn. We rookten, dronken, stalen, zwommen, braken in, braken botten (eentje: mijn pink), versierden, verloren, zwierven, zoenden, schreeuwden, werden weggestuurd en binnengehaald. We trokken aan en stootten af. En ik dacht alleen maar aan haar.

Ik wist wel dat ze op vrouwen viel, maar dacht niet dat ik daar een van kon zijn. Dat ze ooit iets voor mij zou kunnen voelen.

Maar die nacht, na een feestje dat te lang doorging, nadat ik in slaap was gevallen op een bank in een nachtcafé, zoende ze me. Voor het stoplicht.

We gooiden onze fietsen op straat en doken op een bankje bij een speeltuin. We klommen via onze tongen in elkaar. Er liepen mensen langs. Mannen schreeuwden of ze mee mochten doen. Ik probeerde ze niet te horen. Ik wilde haar, dat was echt. Die nacht was echt. Maar zelfs op dat moment wist ik, zij was het niet voor mij, vrouwen zijn het niet voor mij. Niet zo. Ik wilde haar bewonderen, niet betasten. Ik wilde de woorden uit haar mond, niet haar tong in de mijne. Ik wilde zijn wie ik was bij haar. Geloven dat het echt kan zijn.

Ik zag het probleem pas de volgende dag. Ik had nooit bedacht dat ik haar – de onaantastbare, de grootste, de stoerste, de echtste – pijn kon doen. En toch was het zo. Ze had gevoelens, andere gevoelens.

En daarna nooit meer?

Nee. Daarna ontmoette ik Joep. En daarna Alec. En daarna heel veel niet meer. Het is niet zijn schuld. Echt niet. Alleen. Het voelt gewoon soms alsof ik het leven een beetje heb gemist. Ik bedoel; ik zit om halfeen in een kroeg met onbekenden, vreemden, en ik heb me in tijden niet zo levend gevoeld.

Echt nooit meer?

Nee. Nee eigenlijk niet.

Roos zou willen dat ze iets vertellen kon. Een verhaal vertellen kon. Een groot en sterk verhaal. Zodat ze hier op haar plek was, zodat ze hier zou mogen zijn. Maar ze heeft nooit meer met een vrouw gezoend. Nog nooit in Parijs gewoond. Of gewoon in haar eentje de trein naar Parijs gepakt. Ze is sowieso nog nooit in haar eentje weg geweest. Ze heeft nog nooit ontslag genomen. Nog nooit iemand mee naar huis genomen, gewoon omdat er leuk naar haar gelachen werd. Ze heeft nog nooit krijsend voor iemands deur gestaan, haren wild, mascaravegen op haar gezicht.

Ze heeft nog nooit een trio gehad. Ze heeft zelfs nog nooit een trio afgeslagen.

Nee, dank je, vandaag even niet.

Nee, niemand vraagt het haar ooit. Ze heeft nog nooit een liefde van haar leven hoeven zoeken op een website. Of een app. Of een tv-show. Ze heeft zelfs nog nooit een dickpic gekregen. O nee, dat is niet waar. Van Alec, toen hij een weekend weg was met vrienden. Maar dat telt niet, Alec is haar man. Ze wordt al zo lang naast hem wakker. Ze is vergeten hoe het is om naast iemand anders wakker te worden. Naast iemand die ze niet kende, zich afvragend hoe hij ook weer heette en waar ze ook weer was. Misschien was dat zelfs nog nooit gebeurd. 's Ochtends naar huis sluipen, op hakken waar ze niet meer op kan lopen. Tanden ongepoetst. Haren ongekamd. Misschien is het wel nog nooit gebeurd. Haar kennende. Ze wil zo graag een verhaal vertellen, maar ze is te verstandig. Ze is zo verdomde verstandig. Niet zielig, zeker niet zielig. Gewoon te verstandig, dat is alles. Ze heeft een leven. Natuurlijk heeft ze een leven. Een prachtig leven. Een huis, een hond, drie dochters, een man, een baan. Maar ze weet niet of dat genoeg is. Of het niet de grot van Plato is. Dat ze alleen de schaduwen ziet, dat het echte leven buiten is. Of buiten was. Want ze weet niet of ze het nu nog vinden kan. De boot gemist, voorgoed opgesloten in een grot. Ze wordt er claustrofobisch van. Ze zei het laatst tegen Alec, ze kwamen terug van een etentje; Alec had gedronken, zij reed. Ze zei dat ze dacht dat ze het leven had gemist. Alec vroeg of ze een open relatie wilde. Ze kregen ruzie. Ze zette hem bijna uit de auto, maar het regende en ze waren toch al praktisch thuis. Thuis hadden ze geen stomende goedmaakseks. Alec draaide nog een joint, zij keek een serie in bed. Gewoon precies zoals altijd. Ze twijfelde of ze die ene foto op Instagram zou zetten. Het was een mooie foto. Ze droeg een zwarte jurk en zwarte jurken zijn altijd sexy, toch? (Ze kon de kinderen van de foto snijden.) Maar de foto was weken geleden genomen. Toen het nog zonnig was en bovendien overdag. Dat zouden mensen zien. En dan zouden ze denken dat ze de foto plaatste om aandacht te krijgen. Niet omdat ze hem toevallig net genomen had. Dus ze plaatste de foto niet. En ze kreeg geen dm's van mooie jonge jongens. En ze leefde weer niet. En ze had weer geen verhaal.

Dit. Dat ik hier nu ben. Alleen. Dat is een avontuur voor mij. Hoe triest is dat.

Je mag ook weg.

Nee. Nee. Nee. Ik bedoel: ben ik te oud?

Onzin, zegt Buurvrouw. Ik weet nog goed: mijn vijfenzestigste verjaardag. Dat vond ik erg. O, verschrikkelijk. Ik moest stoppen met werken, snap je, dat was geen vraag, dat moest gewoon. Er waren oudere dokters, die bleven gewoon zitten waar ze zaten. Niemand kon deze meneren iets maken. Maar ik kreeg een slagroomtaart, een hoedje op en een afscheidscadeau; een paar dagen naar een hotel op de Veluwe. Ik nam een vriendin mee. Het was midden in de week, er waren alleen maar mensen zoals wij. Althans, dat dacht ik toen ik ze zag: wat zijn we op een ouwelullenplek. Ik zei het niet. We wandelden, dronken thee, mijn vriendin had een kruiswoordpuzzel meegenomen. En pas toen we op vrijdagmiddag nog een laatste drankje deden voor we op huis aangingen, zag ik de volgende gasten aankomen. Jonge ouders, een weekendje van huis. Oudere stellen, na hun werk vertrokken. En ik hoorde er niet meer bij. En toen, daar op het terrasje, toen voelde ik me oud. Het was echt een verschrikkelijke gewaarwording. Maar nu, nu is oud zijn gewoon hoe het is. Ik ben nu al zo lang oud dat het niet meer opvalt.

Mij valt het wel op. Mij valt het heel erg op hoe oud ik ben.

Hoe oud ben je?

Drieënveertig.

Je bent niet oud, zegt Buurvrouw. Je bent niet jong meer. Dat is iets anders.

En nu dan? Wat ben ik nu dan?

Volwassen.

Ook dat nog. Volwassen en moe. Hoe laat is het eigenlijk?

Hoe laat is het?
Ik weet het niet.
Hoe laat is het?
Ik heb geen idee.
Hoe laat is het?
Het maakt niet uit.
Moet je niet dicht?
Tijd is relatief.
Sluitingstijd ook?
Ik ben jarig.
Ik wil me nergens mee bemoeien, maar de vergunning...

Hier staat de tijd stil. Dat hoor je ze zeggen. In het café staat de tijd stil. In het café doet de buitenwereld er niet toe. Onzin. Ze zeggen maar wat.

Hier doet de tijd alleen niet zo ontzettend zijn best om lineair te lijken. Hier is de tijd gewoon zichzelf. Rekt zich uit, tot een uur de hele middag beslaat. Zet een sprint in en verstopt nachten in minuten. Herhaalt zich. Keer op keer op keer op keer. Dezelfde bar. Dezelfde drank. Dezelfde mensen. Dezelfde gesprekken. Dezelfde avond.

Nog eentje dan
kan elke hoeveelheid zijn.
Ik ben er zo
is alles, een oneindigheid.
Van
Ik heb mijn jas al aan
tot
Liefste, ik kom nooit meer terug.

Hier staat de tijd stil. Voor de anderen. Niet voor mij. Ik ben hier, ik tel de uren. De openingstijden, sluitingstijden, de uren tot morgen.

Hoe laat is het?

Het is tijd. Morgen weer een dag.

Lieve mensen,

we zijn dicht.

Je moet minder praten en meer drinken, over twee minuten moet je buiten staan.

Buiten is het koud.

Dan doe je je jas aan.

Waarom ben je zo onaardig?

Ik ben dicht.

Je bent dicht?

Ja.

Maar dat heb je niet verteld.

Jawel, net nog.

Maar ik heb helemaal niets gehoord.

Het is over voor vandaag.

Ik wil nog wat drinken.

En toch moet je gaan.

Maar ik ben nog niet dronken.

Maakt me niets uit.

Zij zitten daar nog.
Dat zijn mijn gasten.
Maar wij willen ook.
Dat is niet aan jou.
Ik wil nog wat drinken.
Je krijgt niets meer te drinken.
Maar ik ben nog niet dronken.
Ja, dat zei je net ook al.
Maar een biertje, ik kan heel snel drinken.
Nee.
Alleen een shotje?
Ik word hier heel moe van.
Zeg dan gewoon ja, dan ben ik weg.
Nee.
Moet ik echt weg?
Ja.
Moet ik echt weg?
Ja.
Oké, ik ga al.
Je moet nog betalen.
Wat is dat nou voor onzin?
Je moet nog betalen.
Dat heb ik al gedaan.
Ik weet zeker van niet.
Moet ik echt weg? Maar ik ben nog niet dronken.
Volgens mij wel.
Wat een verschrikkelijke kroeg, ik kom hier nooit meer.

Ik wil dat iedereen gaat. Ik wil dat iedereen weg is, maar ik wil niet alleen zijn.

Goed, die zijn weg, wil iemand nog wat drinken?

Kopstootje graag.

Buurvrouw?

Wat is er, lieverd.

Nog iets drinken?

O ja, ik weet het. Ik weet het. Ik moet maar eens gaan.

Nee, dat hoeft niet.

Loes is jarig.

O ja, dat was het.

Ach ja, nou, dan doen we dat toch. Mag ik zoiets in zo'n groot glas?

Roos?

Maar je bent dicht.

Ja. Maar je mag blijven.

Maar ik ben hier voor het eerst.

Moet je naar huis?

Ik moet niets.

Blijf dan.

Echt?

Maar...

Blijf.

Moet ik je helpen? De stoelen op tafel? Moet er geveegd?

Nee. Nee. Blijf zitten. Ik bedoel gewoon blijven.

Ik heb geen hulp nodig. Ik heb avond na avond alleen geveegd. Een sopje gemaakt. De kassa geteld. Soda door de bar gespoeld. Bijgevuld. De wc geschrobd. Koelkast vol. Kasten recht. De afwas. Ik wil gewoon graag dat ze blijven. Dat zij blijft.

Ik heb geen hulp nodig. Maar je mag nog wat drinken.

Roos knikt. Blijven. Ze mag blijven. Betekent dat iets? Ja, toch? Dat betekent iets. Dat is iets. Ze moet dit verdienen. Ze moet iets doen. Ze kan niets vertellen, dus ze kan op z'n minst iets doen.

Roos begint de stoelen op tafel te zetten, nee, ze hangt ze aan de tafel. Zoals in een klaslokaal. Wat als ik iedereen wegstuur en we blijven met z'n tweeën? Gewoon met z'n tweeën. Wij. De hele nacht. Praten. Lachen. Een eerste aanraking. Voorzichtig. Een hand langs een arm. Nonchalant. Praten. Lachen. Drinken. Even stil. Even in elkaars ogen. Een hand op een knie. Een hand op een hand.

Wat dacht je van een tweede keer met een vrouw?

Sst.

Handen om haar hoofd. Een zoen. Zachte lippen. Ophouden, Loes.

Het bord moet naar binnen, maar ik wil niet naar buiten. Ik moet zo naar huis, maar ik wil niet naar buiten. Ik wil gewoon blijven, maar ik moet echt naar buiten. Ik tap een biertje voor mezelf. Proost. Op mij.

Is er iets, Loes?

Wat?

Is er iets buiten?

Je staart. Is er iets waar we bang voor moeten zijn? Een leger?

Een storm? Een nieuwe pandemie?

Ik las iets over een wolf.

Vallen wolven mensen aan?

Heb je weleens een boze herdershond gezien?

Goed punt. Nee, niet goed punt. Daar gaat het niet om. Ik bedoel: wat is er, Loes? Waarom moeten we blijven?

Ja.

Ja?

Ja. Er is iets buiten. Zeker. Er is van alles buiten. Er is van alles mis. Of in ieder geval veel. We gaan om één uur dicht. Schoonmaken, bijvullen, vegen, biertje. Om een uur of twee ben ik klaar. Om twee uur is het hier rustig op straat. En op het moment dat ik de deur dichttrek maar nog niet op slot heb gedraaid ben ik bang. Bang dat iemand me overvalt, of gewoon opzijduwt. En zichzelf naar binnen duwt. Ik weet niet wat diegene daar dan gaat doen, niemand betaalt nog met cash, maar misschien heeft-ie dorst. Maar daar ben ik bang voor.

Dan sluit ik de deur, snel (te snel misschien. Heb ik hem wel goed op slot gedaan?). Ik pak mijn fiets. En daar, naast mijn fiets, ben ik weer bang. Dat iemand mijn sleutels uit mijn handen pakt en wegrijdt, op mijn fiets. En dat ik dan moet lopen. Naar huis. Waar ik geen sleutel van heb omdat die aan mijn sleutelbos zit en die zit in mijn fiets. Of mijn fiets is niet gestolen en dan ga ik op de fiets naar huis: weer bang. Komt er niemand achter me aan. Geen auto, geen busje, geen scooter, niet iemand die heel hard rennen kan.

Dan kom ik thuis. Ik poets mijn tanden, haal mijn make-up eraf, want je make-up er niet af halen, dat is de grootste beautyblunder die je kan begaan. Dan pak ik mijn laptop en ga iets doms kijken. Ja, iets doms, ja, dat mag want ik heb net gewerkt, het is halfdrie en ik ben moe. Dan ben ik niet bang. Even niet, behalve wat men van me zou denken als ze wisten waar ik naar kijk. En dan val ik in slaap. Ik hou een onderbroek en een shirt aan, want naakt voel ik me kwetsbaar. In mijn eigen huis. Ja, ook binnen, met de deur op slot. Dan val ik in slaap. En hopelijk blijf ik slapen. Dan sta ik op – te laat, te laat! Het is al bijna middag! Je verslaapt je dag – en dan stap ik onder de douche. Ik plas onder de douche, doe ik gewoon, daar heb ik dan weer geen angsten bij.

Dan scheer ik mijn benen, mijn oksels, mijn – wat ze noemen – bikinilijn, maar hoe vaak heb je nu helemaal een bikini aan? Want stel je voor dat ze me zien, naakt, en zien dat ik haren heb.

Ik kleed me aan. Dat slaan we even over hoor, hier zijn zo ontzettend veel keuzes en angsten en vragen en twijfels. Dan ontbijt ik met yoghurt, want yoghurt is goed, maar niet met cruesli, want daar zit te veel suiker in. En ontbijt is belangrijk. En dan pak ik mijn telefoon. Instagram: alle angsten over niet-mooi-dun-succesvol-woke-sportief-gelukkig-verliefd-op reis-genoeg, in één app. En het nieuws. Nou, en dan heb ik het wel gehad met de dag en heb ik mijn eerste koffie nog niet op. En toch kom ik op de een of andere manier hier weer aan. Dwars door de stad; auto's, bussen, andere fietsers. Dus is er iets buiten waar we bang voor moeten zijn? Ja.

Niet echt dus?

Ja, dat ook.

Het is waar wat ik zeg. Het is allemaal waar wat ik zeg. Maar ik zeg niet waar ik echt bang voor ben. Voor wie ik echt bang ben. Als ik het uitspreek is het echt. Als ik het uitspreek heeft hij gewonnen. En hij kan niet winnen. Ik moet gewoon ademhalen, en naar buiten. Ik moet naar buiten. Ik kan naar buiten. Gewoon de deur door, zo moeilijk is het niet. Er is niemand buiten. Er is niets buiten. Het is alleen maar donker, er is niets aan de hand. Er is... Kut. Hij is daar. Hij is daar echt. O wacht. Wie is dat?

Ja. Nee. Niet echt, probeer ik, maar ze staat al binnen.

Natuurlijk. Piloot luistert niet, nooit. Piloot doet alleen. Ze gaat zitten aan de bar.

Doe maar een biertje. Gewoon een fluitje is goed.

Ik ben dicht.

De deur is open.

Ik ben bezig.

Geen probleem. Ik hou je niet van je werk. Als je me een biertje geeft hoor je me niet meer. Doe maar een vaasje trouwens, dan laat ik je langer met rust.

Dan ga je weg?

Zeker niet, ik bedoel, ik doe langer met een vaasje.

Maar ik ben dicht.

Ik was er net toch ook?

Toen was ik open.

Nu ook.

Nu ben ik dicht.

Ik ben toch binnen. Het licht is aan. Jij bent hier. Zij zijn hier. Dat lijkt me open.

De tap staat uit.

Dat bestaat niet.

Nee.

Hup. Bier.

Ik heb geen zin in een discussie.

Ja en amen

en een biertje voor Piloot kost een stuk minder energie dan weigeren.

Ik tap het biertje, nog een halve voor mezelf.

Waar is iedereen?

Thuis.

Thuis?

Ja, thuis. Of bij andere mensen. In een ander café, maakt mij wat uit.

Hoezo?

Ik ben dicht. Mensen weten dat ik dicht ben. Jij weet dat ik dicht ben.

Hoe?

Hoe?

Hoe weten ze dat? Hoe weet ik dat?

Ik ben altijd dicht om één uur. Dat weet je. Dat staat op de deur.

Zo zie je maar.

Wat zie je maar?

Dat je toch open bent.

Ik ben niet open. Ik ben druk.

Je bent leeg.

Zij zijn er.

Ja. Zij wel.

Ik moet schoonmaken. Tellen. Een frisse start. En daarnaast ben ik jarig.

Piloot neemt een slok. Even, heel even denk ik dat ik haar

overtuigd heb. IJdele hoop, geen idee waar dat ineens vandaan komt.

Wanneer?

8 maart.

Dat was gister. En daarnaast is het onzin.

Wat is onzin?

Verjaardagen. Zo'n arbitrair idee van een frisse start. Elke dag. Elk uur. Ieder moment kun je starten. Verjaren is een construct. Wat zeg ik, tijd is een construct. In Korea wordt iedereen op 1 januari een jaar ouder. Tegelijk. Ook als je in december geboren bent. Mijn vader is op 31 december jarig. Hij was erg snel één geworden.

Ik heb liever een eigen verjaardag.

Waarom?

Dat heeft iedereen.

Waarom?

Omdat men behoefte heeft aan een feestje. Een feestje voor jezelf. Omdat mensen behoefte hebben aan mensen. Behoefte aan elkaar.

Precies, en ik ben hier, doe mij nu nog maar een biertje.

En ze krijgt er nog een.

Ik heb gezegd dat hij weg moest.

Wie?

Die ehm... hoe heet die engerd ook weer? Andre? Martin? Richard?

Ik weet niet wie je bedoelt.

Ik heb gezegd dat hij niet welkom is. Dat je gesloten bent. En dat er na sluit alleen maar vrouwen naar binnen mogen. Nieuwe regels.

Je wist het wel?

Ik ben niet gek. Waar hebben we het over?

Vrouwenzaken.

Stop er nou eens mee. Ik kom hier voor m'n rust.

Alleen vrouwen na sluit, dat zei je net zelf.

Maar is dat een excuus om zo te zeuren?

U kunt toch niet ontkennen dat de sfeer anders is met alleen maar vrouwen?

Wie noem jij nu u? Ik hoop Buurvrouw hier. Ik ben nog geen u hoor. En ik ben hier niet als vrouw. Ik ben hier als een klant.

Je bent een gast.

Waarom zo binair, Loes?

Precies. Wat zij zegt. Of mag ik wel zij zeggen? Ik weet het niet meer hè. Maakt mij ook niet uit hoor. Zeg maar hoe je genoemd wilt worden. Maakt mij niet uit.

Ik weet het nog niet zo goed. Zeg gewoon maar Tracey.

Oké, Tracey.

Of Chef.

Oké, Chef, jij vindt toch ook niet dat alleen vrouwen goed gezelschap zijn?

Dat zei ik niet.

Ik vind mannen ook prima om eerlijk te zijn.

Er komen hier dus wel mannen?

Wat stond er ook weer op je bord?

Natuurlijk, het is Vrouwendag.

Ik was dat helemaal vergeten.

Ik dacht daar überhaupt nooit aan, mijn Poolse buurvrouw begon er vorig jaar over. Ze zei dat het vroeger de enige dag van het jaar was dat haar vader de afwas deed.

Waar is Jaap?

Naar huis.

Komt-ie terug? Ik krijg nog een tientje van hem.

We zijn dicht.

Ik word er eigenlijk vooral moe van.

Waarvan?

Mannen.

Ik vind het gezeur. Ze hebben toch ook meer bereikt?

Wie?

Mannen.
Shakespeare,
Nelson Mandela,
Willie Nelson,
Muhammad Ali,
Robert De Niro,
Picasso,
Confucius,
Lenin,
Immanuel Kant,
Bob Dylan,
Bob Marley,
Tolstoj,
Dostojevski,
Frank Lloyd Wright,
Sitting Bull,
George Orwell,
Edgar Allan Poe,
Oscar Wilde,
Louis Armstrong,

Jackie Chan,
Tsjechov,
Plato,
Nietzsche,
Proust,
Kafka,
Poesjkin,
Kurt Vonnegut,
Drake,
Clint Eastwood,
Che Guevara,
Beethoven,
Prince,
Jimi Hendrix,
David Bowie,
Mozart,
Malcolm X,
John Lennon,
Elton John,
Stevie Wonder,
Jozef Stalin,
Brian Wilson,
Paul McCartney,
Kurt Cobain,
Jackson Pollock,
Chuck Berry,
Marco Polo,
Tiger Woods,
John Travolta,
Remco Campert,
Marvin Gaye,

Rafael Nadal,
Dracula,
Alfred Nobel,
50 Cent,
André 3000,
Arjen Robben,
Dr. Dre,
Drs. P,
Toon Hermans,
NAS,
Notorious B.I.G.,
Kendrick Lamar,
Tupac,
Ye,
André Hazes,
Winston Churchill,
Narendra Modi,
Messi,
LeBron James,
Maradona,
Einstein,
Leonardo da Vinci,
Ronaldo,
Die andere Ronaldo,
Ronaldinho,
Neymar,
Johan Cruijff,
Gandhi,
Jezus Christus,
Isaac Newton,
Barack Obama,

Genghis Khan,
George W. Bush en z'n vader,
Mao,
Reve,
Burna Boy,
Aristoteles,
Buddha,
Haile Selassie,
Martin Luther King jr. en Maarten Luther,
Antoni van Leeuwenhoek,
Alfred Hitchcock,
Dwayne Johnson,
Rembrandt,
Erasmus,
Napoleon,
Vincent van Gogh,
Ai Weiwei,
Neil Armstrong,
Nikola Tesla,
Stephen Hawking,
Elon Musk.

En wat deden de vrouwen in de tussentijd?
Baren.
Baren en de afwas.

Ik vind gewoon niets van mannen, zegt Piloot.

Hoe bedoel je?

Nou, gewoon. Ik vind niets van mannen. Ik vind veel mannen sympathiek, een behoorlijk aantal eikels en van de meesten vind ik gewoon niet zoveel.

Maar, ik bedoel de mannen in het algemeen. Het patriarchaat. Daar moet je toch last van hebben gehad?

Ach, vast wel. Net als van het kapitalisme. En weet ik veel, mijn moeder, mijn familie, zwaartekracht, vergankelijkheid, de griep, brandnetels, toeristen, een opgeblazen gevoel, gordelroos, voetschimmel, mijn huisbaas, mijn buurvrouw, mijn manager, mijn schoonzus. Maar niet per se meer van het patriarchaat. Geloof ik.

Er wordt zoveel geklaagd, altijd al hoor, het is niet jullie schuld. Ik bedoel, natuurlijk zijn sommige opmerkingen vervelend, is niet elke tik op je billen leuk en werd ik ook weleens onderschat. Maar ik betaalde vroeger nooit een drankje, als ik naar huis wilde zei ik dat ik ongesteld was, mijn manager durfde daar niets van te zeggen en ik heb nooit een boete gekregen en kon altijd wel iemand vinden die mee haar huis wilde. Daar is toch iets voor te zeggen? Wat ik wil zeggen: ik zou niet willen ruilen.

Ik wil ook niet ruilen!

Maar je wilt wel alles wat mannen hebben.

Ik zou zo graag een dragqueen willen zijn, zeg ik. Dat ik een vrouw spelen mag. Dat het niet uitmaakt hoe strak mijn jurken, en hoe hoog mijn hakken. Met lange haren, opplakwimpers, neptieten, mijn lippenstift ver buiten mijn lippen en heupen voor de eeuwigheid. Dat ik heel vrouwelijk ben, maar niet minder mannelijk. Omdat ik onder de glitters een...

Penis heb.

Precies. Je bent dus mannelijk. En tegelijkertijd op en top vrouwelijk.

Maar wil je een man zijn dan?

Nee. Nee. Nee, niet per se. Ik zou zo graag een vrouw willen zijn. Onbeschaamd vrouw. Van de daken schreeuwen, gillen. Mijn nagels erin zetten. Mijn hakken in de werkelijkheid. Me niet hoeven te excuseren. Er zijn. Met een hoofdletter Z, snap je?

Doe dan! Het is je verjaardag. Sterker nog, het is Vrouwendag, toch? Nou, heb een beetje ballen!

Ballen?

Je weet toch wat ik bedoel? Heb een beetje eierstokken!

Als ik hier sta op hakken van twaalf centimeter gelooft niemand nog dat ik iets van bier weet. Als ik een jurk aanheb noemen ze me meisje. Het moet in balans zijn. Altijd maar in balans zijn. Mannelijk-vrouwelijk. Een jurkje met sneakers. Een spijkerbroek met een bloesje. Wel nagellak, geen lippenstift. Opgestoken haren en een boyfriendjeans. Je mag alles als je vrouw bent, maar als ik ervoor kies om de vrouwelijkste vrouw te zijn, dan word ik niet serieus genomen. Niet door mannen, als professional, en niet door de vrouwen, als feminist. Snap je?

Nee.

Nee, precies.

Snap je het?

Ja, misschien.

Ik ben moe.

Ik ben jarig.

Ik wil naar huis.

Ga dan.

We moesten toch blijven?

Als je wilt kun je gaan. Natuurlijk kun je gaan. De deur is gewoon open hoor. Ga maar.

Echt?

Ja.

Nee. Ik blijf wel. Je hebt gelijk, ik blijf wel. Mag ik nog een biertje?

Piloot krijgt nog een biertje. Roos nog een kopje thee. Tracey heeft zelf al wat gepakt, Buurvrouw heeft nog. Kees mag het laatste ei. En ik, ik neem gewoon nog een biertje. Een halve. Een hele. Nog eentje. En een jenever. Een kleine. Niet naar huis. Nooit meer naar huis. Nooit meer.

Nooit meer naar huis. Dat zeggen ze. Nooit meer naar huis. Dat zeggen ze altijd. Maar ze gaan. Misschien gaan ze eerst nog drinken. Eerst nog lachen, liegen, ongemakkelijk zwijgen. Grote verhalen, grotere verhalen en dan valt er misschien wel iemand in een hoekje in slaap. Nog een drankje, misschien een dansje op de bar. Maar ze gaan naar huis. Ze gaan altijd naar huis. Misschien niet nu. Misschien wel morgen. Maar ze gaan.

En ze zeggen wel dat ze niet gaan.

NOOIT MEER NAAR HUIS.

Ze zeggen wel dat ze nooit gaan. Maar hoe laat het ook wordt – nog een drankje, nog een drankje, misschien een dansje op de bar. Grote verhalen, grotere verhalen, hetzelfde verhaal een derde keer. Een discussie, een ruzie, een nieuwe vriend. Een leugen, een inzicht en dan valt er misschien wel iemand in een hoekje in slaap. (Ja, dat zei je al.)

Ze gaan.

Ze gaan altijd.

Misschien niet nu.

Misschien wel morgen.

Maar ze gaan. Geloof mij nou maar, ze gaan altijd. Er is nog nooit iemand geweest die is gebleven.

Vandaag is geen bijzondere dag. Vandaag is geen andere dag. Ze kunnen wel doen of het anders is. Maar vandaag is geen bijzondere dag. Vandaag is gewoon morgen. Morgen als altijd.

Weet je wat… ik hou van jullie.

Ik hoor het mezelf zeggen en weet dat ik echt moet stoppen met die fluitjes. En die jenever. Maar ik meen het ook.

Toen alles dicht was, toen miste ik jullie. Toen miste ik jullie het meest. Niet jullie-jullie, maar jullie. De mensen die ik niet had gekozen. De mensen die er gewoon maar waren. Weet je. En hier. Hier ook. Mijn kamer. Mijn tweede kamer. Een vrouw heeft een kamer nodig, Virginia zei het. Een ruimte voor zichzelf. Een vrouw heeft een kroeg nodig, dat zeg ik. Een tweede kamer, naast haar kamer. Om te liegen, te schreeuwen, te bluffen, om een ander te zijn, iemand anders te zijn, met iemand anders te zijn. Om te durven. Uit te blinken in moed. Uit haar eigen leven te kruipen. Iets nieuws te proberen. Te leren. Veel te zijn, meer te zijn. Alle bravoure uit haar longen te roepen. Om niet te liegen dat ze niet bang is. Jaloers is. Ongelukkig is. Een ander is. Of wel. Gewoon om even te ontsnappen. Nooit meer naar huis!

Nooit meer naar huis. Nooit meer. Ik hou van jullie, zei ik dat al?

Je bent dronken.

Misschien. Ja. Ja. Maar dit is gewoon. Jullie zijn gewoon. Als ik overal kon zijn, zou ik nu hier willen zijn. Met jullie. Zelfs jij, Piloot. Zelfs van jou ben ik blij dat je er bent.

Ik kan ook gaan hoor.

Ja. Ja, dat is het. We kunnen gaan!

Ja. Ze kunnen gaan.

Ze kunnen niet bang zijn. Of doen alsof ze niet bang zijn. De deur opentrekken. En gaan.

Ze kunnen gaan.

Naar buiten, het donker in.

Ze kunnen gaan. Natuurlijk, ze kunnen gaan. De straten op. De stad bestormen. Alles in de fik. Schreeuwend over de pleinen rennen, op hakken, of zonder hakken, het doet er niet toe. De mannen omverwerpen.

Ze kunnen gaan en hun best doen. Een bord meenemen met een slimme spreuk, een lied zingen, een gedicht voordragen, een weg afzetten, op een aangewezen grasveld gaan staan, week na week.

Ze kunnen gaan. Een movement beginnen. Een hashtag verzinnen, een vierkant plaatsen. Niet in mijn naam.

De publieke opinie opschudden. Beleidsmakers beïnvloeden. Aan de tafel zitten. Een mening hebben. Een bek opentrekken. Het heft in eigen handen.

Ze kunnen gaan. En blijven staan. Aan de grond genageld. Verstomd. Verstild. Monddood gemaakt. Door de anderen.

Door de macht. Door de nacht. Door het donker. Zich afvragen of dat erg is. Huilen omdat het erg is.

Ze kunnen hier blijven. Theezetten. Zich afvragen of dit nu alles is. Of de dingen ooit echt anders zijn. Zich afvragen of zij het moeten doen. Waarom zij het nou weer moeten doen.

We kunnen gaan.

Of we kunnen blijven.

Hier blijven. Binnenblijven. Niets doen. We kunnen blijven. Stil blijven. Stil. Samen.

Nog eentje dan?
Nog eentje.